SHIORI OTA

Das
kleine
Café
der zweiten
Chancen

ROMAN

Aus dem Japanischen
von Anemone Bauer

Besuchen Sie uns im Internet:
www.droemer-knaur.de

Deutsche Erstausgabe November 2024
MAJO NO IRU COFFEE TEN TO
4-PUN 33-BYO NO TIME TRAVEL
© 2023 OTA Shiori
All rights reserved.
Original Japanese edition published by Bungeishunju Ltd., in 2023
German translation rights reserved by
Verlagsgruppe Droemer Knaur GmbH & Co. KG,
under the license granted be OTA Shiori,
arranged with Bungeishunju Ltd.,
through Japan UNI Agency, Inc.
and Vicki Satlow of The Agency, srl
© 2024 der deutschsprachigen Ausgabe Droemer Verlag
Ein Imprint der Verlagsgruppe
Droemer Knaur GmbH & Co. KG
Maria-Luiko-Straße 54, 80636 München

Redaktion: Antje Steinhäuser
Covergestaltung: buxdesign | München
Coverabbildung: buxdesign | München unter
Verwendung einer Illustration von Ruth Botzenhardt
Satz und Layout: Adobe InDesign im Verlag
Druck und Bindung: CPI books GmbH, Leck
ISBN 978-3-426-56167-6

Kontaktadresse nach EU-Produktsicherheitsverordnung:
produktsicherheit@droemer-knaur.de

DIE ERSTE TASSE:

Ein einmaliges Präludium

1

Das Hupen der Autos tat mir in den Ohren weh.
Do, La. Wenn ich deprimiert bin, sehe ich Noten
in den Geräuschen der Stadt, die Töne kommen mir automatisch wie in Italien üblich in Solmisationssilben in
den Sinn.

Heute war der Lärm besonders schlimm. Es gab von
allem zu viel. Zu viele Dinge, zu viele Menschen. Sapporo war eine große, aber sehr enge Stadt.

Für den Alltag war es praktisch. Aber für etwas – ja,
für etwas Großes, Ernsthaftes war Sapporo zu klein.
Viel zu klein. Zum Beispiel, um dort eine Pianistin von
Weltrang zu werden.

Als mein Vater ins Ausland versetzt wurde, bestand
meine Mutter, die auf ihr bequemes Leben nicht verzichten wollte, darauf, in Japan zu bleiben, und zog mit
mir, gerade drei geworden, und meiner neugeborenen
Schwester von Sapporo in ihre Heimatstadt Obihiro.

Im Haus meiner Großmutter stand ein altes Klavier.
Es war schrecklich verstimmt.

Trotzdem war ich glücklich, darauf spielen zu können, und als kleines Kind klimperte ich meine Lieblingslieder aus dem Kinderfernsehen.

Niemand hatte es mir beigebracht.

Meine Mutter und meine Großmutter waren überrascht, als sie mich so auf dem Klavier spielen sahen, und brachten mich noch in derselben Woche zu einem Klavierlehrer.

Ich war ein Wunderkind.

Ich musste ein Lied nur einmal hören und konnte es sofort nachspielen, obwohl ich noch so klein war.

Die Erwachsenen freuten sich sehr, als sie sahen, wie ich mit meinen kurzen Ärmchen am Klavier mein Bestes gab. Sogar das Fernsehen kam, um über mich zu berichten, und ich wurde zu Veranstaltungen in der Präfektur eingeladen, wo ich mit verschiedenen Prominenten auftrat.

Damals machte mir das Klavierspielen großen Spaß, und weil ich meiner Mutter und meiner Großmutter eine Freude machen wollte, spielte ich den lieben langen Tag.

Aber wie es bei vielen Wunderkindern der Fall ist, nahmen auch mir die Götter nach dem Kindergarten und der Grundschule meine Gabe wieder weg. Die Götter beschützen nur kleine Kinder.

Meine Mutter weigerte sich jedoch vehement zu akzeptieren, dass ich nurmehr ein ganz normales Kind war, und beschloss, mich auf eine Musikschule ins Ausland zu schicken. Nicht einmal dorthin, wohin mein Vater als Expat gesandt worden war, sondern nach England, zu dem wir keinerlei Bezug hatten. Ich war immer noch in der Grundschule.

Meine Mutter war felsenfest überzeugt, es läge an meiner Umgebung, dass ich keine Fortschritte mehr machte. Die Lehrer waren schlecht. Obihiro, Sapporo und sogar ganz Japan waren zu klein, um mein Talent zu fördern.

Trotzdem hätte mich meine Mutter nie ins Ausland begleitet, sie war ja nicht einmal meinem Vater gefolgt.

Und so kam es, dass ich auf einmal allein in England auf ein Musikinternat ging, obwohl ich die Sprache kaum verstand. Und vor allem: Es brachte nichts. Ich war kein Wunderkind mehr.

Vielleicht waren die Götter verärgert, dass ein stinknormales Kind so tat, als sei es etwas Besonderes? Jedenfalls hatte ich schließlich meinen Unfall.

Ehrlich gesagt habe ich keine sehr klare Erinnerung daran. Es war zu beängstigend, um es im Gedächtnis zu behalten.

Als ich wieder zu mir kam, lag ich in einem Krankenhausbett, und mein Leben war zwar gerettet, aber die Finger meiner linken Hand waren fast abgerissen.

Ein freundlicher Arzt – eigentlich das genaue Gegenteil der Götter – nähte sie mir wieder an, und ich konnte sie mittlerweile wieder bewegen, aber mit dem Klavierspielen war es vorbei, mit der Pianistenkarriere sowieso, und ich musste nach Japan zurück.

Just zu dieser Zeit starben auch noch meine Großeltern, auf die ich mich verlassen hatte, meine Mutter ließ sich von meinem Vater scheiden und kehrte mit mir und meiner Schwester nach Sapporo zurück.

Obwohl sie mir erzählte, Sapporo sei meine Geburtsstadt, hatte ich kaum Erinnerungen daran.

So begann mein Leben in einer Stadt, die ich nicht kannte, und mit Fingern, die kein Klavier mehr spielen konnten.

In dieser großen, aber engen Stadt.

Alle Erwachsenen sagten mir, es sei »ein Neuanfang in einer neuen Umgebung« – in solchen Zeiten sei es besser, alles von vorne zu beginnen.

Ich aber wollte lieber an einem Ort neu anfangen, den ich kannte, bei Menschen, die ich kannte.

Meine Mutter verstand die Angst nicht, allein an einem unbekannten Ort ins kalte Wasser geworfen zu werden. Sie konnte sich nicht vorstellen, wie es sich für mich anfühlte, dass ich wegen meiner Reha erst einen Monat nach Beginn des Schuljahrs meine neue Schule besuchen konnte.

Ich wusste genau, neue Freunde zu finden, war keine meiner Stärken. Und wenn ich erst so spät an meiner neuen Schule antanzte, wäre ich sicher nur das fünfte Rad am Wagen; die anderen Kinder hätten bereits Freundschaften geschlossen.

Ich hatte Angst vor der Schule in der Stadt. Ich traute mich nicht alleine zu Wildfremden. Doch der unvermeidliche erste Schultag kam.

Hinter der Tür erwartete mich ein wolkenloser, strahlend blauer Himmel. Grauenhaft. Die Morgensonne strahlte mir grell und gewalttätig ins Gesicht. Meine Mutter freute sich, dass an meinem ersten Schultag die Sonne schien, aber ich wollte nur noch schreien, als ich das Haus verlassen sollte.

»Himari, weg da! Du bist voll im Weg.«

Meine jüngere Schwester Nanoka schubste mich am Eingang einfach zur Seite. Obwohl sie erst in die vierte Klasse ging, war Nanoka viel resoluter als ich.

Oh, wie ich das alles hasse.

Mir stiegen Tränen in die Augen.

Die zu langen Ärmel meiner Bluse, der schwere Blazer der Schuluniform, der Rucksack, der unbekannte Geruch des Morgens – ich hasste alles.

Ich hasste, hasste, hasste es. Ich hasste alles.

Ich hatte das Gefühl, dass hier gar nichts gut gehen würde.

Ich dachte daran, alles hinzuschmeißen und einfach auf die Straße zu rennen, aber ich hatte Angst, überfahren zu werden, könne wehtun.

Und selbst wenn ich sterben sollte, würde dann nur meine Mutter wieder ein Gesicht aufsetzen, als wäre sie die Unglücklichste auf der Welt. Wie damals, als ich aus England zurückkam.

Doch es half nichts. Blieb ich zu Hause, erwartete mich der höllische Erwartungsdruck meiner Mutter, die immer noch glaubte, irgendwann würde es mit dem Klavierspielen wieder klappen.

Mit dem Gefühl, dass meine Seele mit jedem Atemzug schrumpfte, machte ich mich langsam auf den Weg zur Schule.

»He, du da! Dein Rock ist zu kurz, zieh ihn nicht so hoch! Und du! Dreikäsehoch! Wenn du den Riemen deiner Tasche derart lang machst, schleift sie doch auf dem Boden! He, du da! Schau beim Gehen nicht auf dein Handy! Schau nach vorne, nach vorne!«

Unter dem blauen Himmel schlug mir das Gekeife einer Frau mittleren Alters – nein, bei genauerem Hinsehen – einer alten Frau entgegen.

Sie stand vor einem Haus, das von einer Azaleenhecke umgeben war, schalt und krittelte an allen herum, die an ihr vorübergingen.

Gekleidet war sie in knallige, bunte Farben – Rot, Gelb, Lila – eines traditionellen Gewands, eventuell irgendwo aus Südostasien, das ihr Alter auf den ersten Blick nicht genau erkennen ließ, aber sie war sicher über sechzig.

Ihre weißen Haare waren lila gefärbt, und sie trug ein Kopftuch. Mit einem Besen in der Hand schrie sie lautstark herum.

Ich wurde ganz starr. Aber es wäre zu auffällig, ohne eine Ampel einfach so die Straßenseite zu wechseln, und die Alte rief sowieso auch den Kindern auf der anderen Seite Bemerkungen zu.

Nun denn ... was sollte ich tun, es gab keinen Fluchtweg.

»Oh nein ...«

Ich habe keine andere Wahl. Ab morgen nehme ich einen anderen Weg. Heute ziehe ich einfach den Kopf ein und mogle mich irgendwie vorbei ...

Ich konzentrierte mich auf meine Zehenspitzen und wollte schnell und unauffällig an der alten Frau vorbeihuschen, wobei ich mir wie ein Mantra vorsagte: Bitte, bemerk mich nicht! Bitte, bemerk mich nicht!

Doch da: »Hey, du da.«

Schreck lass nach.

»Ja, genau du, das kleine Ding ... ja, genau du!«

Was für ein furchtbarer Tag!

»Ähm, wie bitte?«

Meine Gebete waren umsonst gewesen. Die Alte hatte mich angesprochen.

Vielleicht hätte ich sie ignorieren und weglaufen sollen, aber das machte mir auch Angst, also hob ich zögernd den Kopf.

Aus der Nähe war die Alte noch bunter und auffälliger. Sie hatte die Augen grün umrandet, mit goldenem Glitzer, und trug orangefarbenen Lippenstift.

Es war beängstigend. Sehr.

Meine Großmutter hatte sich in diesem Alter ja auch noch geschminkt, aber mit zarteren Farben und längst nicht so grell und aufdringlich.

»Guten ... Morgen ...?«

Ich hatte Angst, dass sie schimpfen würde, wenn ich nicht antwortete, also grüßte ich sie vorsichtig.

»Guten Morgen. Was machst du denn für ein Gesicht? Siehst ja aus wie drei Tage Regenwetter!«

»Wirklich ...?«

Es wäre besser gewesen, wenn es wirklich geregnet hätte.

Wenn ein Taifun und ein Tornado gleichzeitig gekommen wären, die Schule geschlossen worden wäre. Das wäre toll gewesen.

»Du bist nicht hier aus der Gegend, stimmt's? Du hast aber die Uniform von der Mittelschule hier an. Gehst du denn auf einmal einen anderen Weg zur Schule? Hast du einen schlechten Tag?«, fragte die Alte neugierig, als könnte sie meine Gedanken lesen.

Ihre Stimme klang angenehm, ich musste an ein Tenorsaxofon denken. Ich fühlte mich etwas besser.

»Ich ... ich bin neu hergezogen und war vorher im Krankenhaus und ... heute ist mein erster Schultag ...«

»Krankenhaus? Bist du krank?«

»Ich ... ich hatte einen Unfall und bin verletzt.«

Als ich ihr meine bandagierte linke Hand zeigte, runzelte sie die Stirn.

»Das ist noch nicht verheilt?«

»Doch, zusammengewachsen ist es schon, aber der Arzt meinte, solange man die Narben so deutlich sieht, sollte ich den Verband lieber dran lassen.«

»Aha ...«

Allein durch den »Verband« konnte die Alte das Ausmaß meiner Verletzung erkennen.

Sie machte das typische »Ach du Ärmste«-Gesicht, wie alle Erwachsenen, wenn sie von meiner Verletzung hörten.

Dieses Gesicht habe ich schon so oft gesehen. Die Worte, die folgten, waren auch immer dieselben – »Aber du musst dankbar sein, dass du überlebt hast« oder »Es wird alles gut, gib nicht auf, du wirst wieder Klavier spielen können«.

Jedes Mal dachte ich: dankbar, wem denn bitte schön? Es wird besser? Der Arzt sagt, das ist unmöglich.

Aber die Worte der alten Frau waren anders, und sie sagte sie mit einem Ausdruck der Erleichterung auf ihrem Gesicht.

»Also ... tut es nicht mehr weh?«

»Na ja. Manchmal kommt ein stechender Schmerz, wenn ich etwas Schweres hebe, aber sonst eigentlich nicht.«

»Ah, das ist gut. Es tut mir schon weh, wenn ich mir vorstelle, dass ein so junges Mädchen Schmerzen hat. Warum also so ein düsteres Gesicht? Jetzt kannst du doch endlich zur Schule gehen, oder?«

Hmpf.

»Willst du denn nicht hin?«

»Wenn ich einen Monat zu spät in den Unterricht komme, finde ich keine Freunde mehr. Und Großstadtschulen machen mir Angst. Vielleicht mobben die mich …«, murmelte ich, und die alte Frau runzelte wieder die Stirn.

»Sapporo kann man doch beim besten Willen nicht als Großstadt bezeichnen. Na gut, ein Dorf ist es auch nicht gerade.« Es war sicher nicht so ländlich wie Obihiro oder die Vororte, in denen ich in England gelebt hatte.

Warum dachten Erwachsene immer, dass ich gerne zur Schule ging?

Nach einem Monat hatten sich in der Klasse schon Freundschaften gebildet, und es war nicht leicht, da noch reinzukommen. Warum verstand das keiner? Konnten die sich denn null in meine Situation reinversetzen?

»Ich weiß, dass es eine Schulpflicht gibt, aber … es wäre besser gewesen, wenn wir nicht umgezogen wären. Dann hätte ich vielleicht ein, zwei Personen gekannt, auch wenn ich einen Monat später in die Klasse gekommen wäre.«

»Das kann ich gut verstehen. Aber die Kinder in der Schule wissen doch, dass du wegen deiner Verletzung bis jetzt einfach nicht kommen konntest, oder?«

»Ja … wahrscheinlich …?«

»Dann wird alles gut. Wer so offensichtlich verletzt und bemitleidenswert ist, wird nicht gemobbt. Die andern wollen schließlich stark wirken, indem sie nachsichtig sind.«

»Hm …«

»Deshalb mobbt man oft diejenigen, die nicht wirklich bedauernswert sind, sondern zu freundlich und zu ruhig sind, um anderen wehzutun, und die, die sich nicht wehren können.«

Ich dachte nicht, dass ich stark wirkte, aber war ich wirklich derart klein und mickrig, dass sie mich unverblümt als kümmerliches Wesen einstufte?

»Ich verstehe ...«

Zu hören, was die Frau von mir hielt, tat ein bisschen weh, nein, ehrlich gesagt, ziemlich weh.

»Du bist so klein und der Verband zeigt allen, dass dir ganz klar etwas fehlt. Du siehst jämmerlich aus. Daher, alles wird gut. Die anderen werden nett zu dir sein, und du kannst das zu deinem Vorteil nutzen.«

»Zu meinem Vorteil ...? Das will ich aber nicht.«

»Das Beste aus dem zu machen, was man hat, ist der klügste Weg. Selbst die bedauernswertesten Kinder sehen noch bedauernswerter aus, wenn sie so tun, als seien sie tapfer. Ein einfaches Lächeln genügt.«

»Ich soll das Mitleid der anderen ausnutzen?«, fragte ich ungläubig, doch die Alte schüttelte den Kopf.

»Das ist ein Anfang. Dann trägst du ordentliche Kleidung. Die Schuluniform ist zwar noch zu groß, aber das ist bei allen so, die frisch an der Mittelschule anfangen. Bis zur Abschlussklasse wird sie dir passen. Außerdem hast du eine gute Haltung und schönes, glänzendes Haar. Niemand wird etwas gegen dich haben.«

»Aber ...«

Der Aufzug der Alten ließ einen wirklich nicht als Erstes an »gute Kinder« denken, doch sie packte mich an den Schultern und sagte ernst: »Kein Aber. Das reicht fürs Erste. Wenn du dich mit ihnen anfreundest, sehen sie, dass du ein gutes Kind bist, und sie werden dich mögen.«

Sie war wirklich seltsam. Sie kannte mich ja gar nicht.

»Ich bin aber kein gutes Kind.«

»Doch, bist du. Nicht viele Kinder würden eine launische alte Schreckschraube so höflich grüßen.«

»Das ist, weil …«

»Also hör auf, so ein Gesicht zu machen, und lächle. Niemand mag es, wenn du so abweisend guckst. Mach dir keine Sorgen und schau einfach positiv nach vorn. In Ordnung?«

»Ja.«

Ein gutes Kind war ich nun wirklich nicht.

Hätte sie mich nicht direkt angesprochen, hätte ich sie ignoriert und wäre weggelaufen wie alle anderen Kinder. Aber die Worte, die sie mir, einer völlig Fremden, sagte, drangen direkt in mein Herz.

Vielleicht lag es an ihrer sanften, tiefen Stimme … noch nie hatte jemand etwas Ähnliches zu mir gesagt.

»Und wenn du wirklich gemobbt wirst, gib mir Bescheid. Dann komme ich mit meinem Besen und versohle damit alle bösen Kinder.«

»Gewalt ist keine Lösung!«

Irgendwie hatte ich das Gefühl, dass diese alte Frau es ernst meinte, und Panik stieg in mir auf.

Sie verzog das Gesicht und sagte, die Welt sei kompliziert geworden. Aber ich war der Meinung, Gewalt sei zu allen Zeiten das falsche Mittel.

»Mach dir keine Sorgen. Keiner legt sich mit Senioren an. Ich sorg schon dafür, dass dir keiner was antut.«

»Aber dann rufen die anderen nur die Polizei!«

Sie schwenkte ihren Besen und sagte: »Sollen sie ruhig kommen!« Und ich musste lachen.

Sie lachte auch laut, sah meine Grübchen und kniff mich sanft in die Wange. »Da haben wir's ja, dein Lächeln! Jetzt musst du dich aber sputen. Du willst doch nicht gleich am ersten Tag zu spät kommen.«

Ich merkte, dass wir uns schon eine ganze Weile unterhalten hatten.

Aber ich fühlte mich nicht mehr, als wäre mir das Herz in meiner Brust so schwer wie Blei.

»Wenn es wirklich nicht geht, gibt es immer einen anderen Weg. Sei nicht pessimistisch. Wenn es nicht klappt, kannst du immer noch weglaufen. Du musst nicht ertragen, was dir zutiefst zuwider ist. Nun lauf schon«, sagte die alte Frau sanft.

Ihre freundliche Stimme und ihr Blick erinnerten mich ein wenig an meine verstorbene Großmutter.

»Ja … ich … geh dann mal.«

Ich verbeugte mich und setzte meinen Weg fort. Als ich mich umdrehte, sah sie mir nach und schwenkte den Besen in einer Geste, die vermutlich »Beeil dich« bedeutete.

Normalerweise hätte ich mit einer Fremden niemals so lange gesprochen und wäre ganz sicher nervös geworden. Aber die Alte – vielleicht genau wegen ihrer exzentrischen Erscheinung – war mir nicht unsympathisch.

Ich glaubte zu merken, dass sie sich wirklich um mich sorgte, und vielleicht wollte ich das einfach von irgendjemandem gesagt bekommen.

»Ja, jetzt gehe ich«, flüsterte ich leise und drückte meine bandagierte Hand.

2

Als ich schließlich vor meiner neuen Klasse stand, war ich so nervös, dass mir richtig schlecht wurde, aber wie mir die alte Frau gesagt hatte, versuchte ich zu lächeln.

Ich nahm Haltung an, als wäre ich ein Soldat beim Appell, und zupfte immer wieder am Saum meiner Uniform herum. Ob ich sympathisch lächelte, wusste ich nicht, aber es war besser als ein mürrisches Gesicht.

Es war ein guter Rat in letzter Sekunde gewesen. Ohne ihn hätte ich hier garantiert als Griesgram gestanden oder wäre vielleicht sogar in Tränen ausgebrochen.

»Misaki-san ist eine sehr talentierte Pianistin und war im Ausland im Musikinternat, aber leider hatte sie einen Unfall und ist deshalb zurück nach Sapporo gekommen. Ihr Wissen über das Leben im Ausland wird für euch alle lehrreich sein, sie wird aber auch Unterstützung brauchen. Also seid nett zu ihr und helft ihr.«

So stellte mich die Klassenlehrerin, Frau Murasawa, die eine hübsche Kurzhaarfrisur trug, meinen Mitschülern vor. Mein Sitzplatz war in der zweiten Reihe von vorne, mitten im Raum, sodass sich die Blicke der ganzen Klasse auf mich richteten, als ich mich setzte.

»Nun, dann beenden wir hiermit die Vorstellung«, sagte die Lehrerin mit einem Lächeln, und sofort sprach mich das Mädchen neben mir an – ein fröhlich wirkendes Mädchen mit zwei Zöpfen.

»Ich heiße Yamane, schön, dass du jetzt bei uns in der Klasse bist. Es ist beeindruckend, dass du im Ausland im Internat warst. Ich spiele auch schon lange Klavier. Was spielst du denn so?«

»Ähm … Chopin und Rachmaninow …«

»Wow, beeindruckend! Da spielst du ja wirklich auf einem hohen Niveau!«

Sobald ich etwas gesagt hatte, sprachen nicht nur Yamane, sondern auch die anderen Mädchen um mich herum mit mir.

Selbst die Jungs schauten mich an und lächelten schüchtern oder fragten, ob das Essen in England wirklich so mies sei, wie man immer hörte. Wir unterhielten uns angeregt bis zur ersten Stunde. Ich hatte solche Angst.

Aber wie die alte Frau vorhergesagt hatte, niemand schien die Schwache zu mobben. Wovor hatte ich heute Morgen nur solche Angst gehabt?

Lediglich der Junge mit dem Kurzhaarschnitt, der hinter mir saß, war mir nicht ganz geheuer. Er hieß Chitose-kun und war klein, etwa so groß wie ich, wie ein Grundschüler. Aber er blitzte mich so feindselig an, dass ich mich unwillkürlich kleiner fühlte.

Yamane und ihre Freunde luden mich zum Mittagessen ein.

»Du hast also früher in Obihiro gewohnt?«, fragte mich Oikawa, eine Schülerin mit Brille aus der Parallelklasse.

»Ja. Mein Vater wurde versetzt, als meine Schwester

noch ein Baby war, und wir sind nach Obihiro gezogen, weil meine Mutter dort Verwandte hatte. Ich habe fast keine Erinnerungen an Sapporo.«

»Du bist also in Sapporo geboren?«, fragte Tani, ein hübsches Mädchen mit Zöpfen. Die drei waren seit der Grundschule in einer Klasse. Yamane, Kawa und Tani – sie lachten und erklärten, dass sie zusammen wie eine Landschaft klangen: Yama, der Berg, Kawa, der Fluss, und Tani, das Tal.

»Bis zum Kindergarten war ich dort. Aber ich erinnere mich kaum, also verlaufe ich mich leicht. Heute Morgen sprach mich auch eine seltsame alte Frau an.«

»Auf dem Schulweg?«

»Ja. Sie sah total exzentrisch aus.«

»Das war sicher Sugiura-san. Die nervt jeden.«

»Oh, verstehe.« Die drei tauschten einen amüsierten Blick aus.

»Aber sie passt schon seit Jahren auf die Kinder auf dem Schulweg auf, sogar bei schlechtem Wetter. Sie ist so etwas wie ein Stadtteil-Promi.«

Yamane schien nichts gegen die alte Frau zu haben.

»Sie sieht sehr speziell aus, aber sie sorgt dafür, dass Kinder im Winter nicht auf der Straße laufen müssen, indem sie auf dem Bürgersteig Schnee schippt.«

»Das ist nett …«

»Es hilft wirklich, weil die Kinder sich nicht durch den Schnee kämpfen müssen, wenn sie zur Schule gehen«, bestätigte Tanis ältere Schwester. »Die Grundschüler dürfen an solchen Tagen ja in Skiklamotten zur Schule gehen, aber die Mittel- und Oberschüler dürfen das nicht.«

»Sie ist also kein schlechter Mensch.«

»Sonst hätte sie schon längst jemand angezeigt!«

Oikawa-san lachte laut, und die anderen lachten mit. Ich lachte auch. Ich wusste, dass sie keine schlechte Person war. Denn wäre ich Frau Sugiura am Morgen nicht begegnet, hätte ich jetzt nicht so lachen können.

So verging die Zeit, von der ich erwartet hatte, sie würde ganz düster werden, stattdessen wie im Flug, und plötzlich war es Zeit zum Heimgehen. Nach der Schule sprach die Lehrerin kurz mit mir über die Aufgaben, die ich während meiner Abwesenheit verpasst hatte, und die Nachhilfestunden, die ich nehmen sollte, um meinen Rückstand aufzuholen. Danach war ich auch schon entlassen.

Ich war fix und fertig, aber es gab noch einen gewissen Ort, an den ich unbedingt wollte.

Als ich vor das Schultor trat, hatte sich der Himmel von dem gewaltigen, tiefen Blau des Morgens in ein sanftes Himmelblau verwandelt. Die Sonne, die am Morgen noch grell gewesen war, schien nun sanfter, und ich wollte tief durchatmen.

Man hatte mir gesagt, dass die Kirschblüte in Sapporo früh auftrat, aber direkt vor dem Tor entdeckte ich späte Kirschblüten und andere Bäumchen mit duftenden Blüten.

Was für Blumen waren das? Weiß, rosa und violett, sie sahen aus wie Hyazinthen. Während ich darüber nachdachte, ging ich den Weg zurück, den ich am Morgen gekommen war.

Die Blumen schienen sehr beliebt zu sein, sie blühten in vielen Gärten – morgens waren sie mir gar nicht aufgefallen.

Bald sah ich Frau Sugiuras Haus.

Die Grundschüler waren mittlerweile bereits nach Hause gegangen, und so stand die alte Frau nicht mehr draußen. Doch als ich durch die Hecke spähte, sah ich, dass sie im Garten arbeitete.

Die schönen Blumenbäume blühten auch in Frau Sugiuras Garten. Sie waren tiefrosa. Die Frau bemerkte mich nicht.

Ich überlegte, ob ich einfach wortlos nach Hause gehen sollte – aber dann fasste ich mir ein Herz.

»Wie heißen diese Blüten, die es hier überall gibt?«

Frau Sugiura drehte sich überrascht um, stand auf und lächelte mich an.

»Das ist Flieder. Die Stadt verteilt jedes Jahr kostenlos Setzlinge, deshalb blühen die Sträucher zu dieser Jahreszeit überall. Sie sind noch nicht in voller Blüte, aber die Knospen sind schön. Eine meiner Lieblingsblüten.«

»Flieder … das habe ich schon mal gehört. Sie sind nicht ganz aufgeblüht?«

Bei näherem Hinsehen waren die meisten der Blüten noch geschlossen, nur hier und da öffneten sich die vierblättrigen Gebilde. Es waren kleine Blütenstände, ähnlich wie Hortensien!

»Du siehst ganz anders aus als heute Morgen.«

Der Flieder duftete so gut, dass ich daran schnupperte, und Frau Sugiura lächelte mich an.

»Wie Sie gesagt haben, Tante Sugiura, es war gar nicht schlimm.«

»Nicht wahr? Aber bitte nenn mich nicht so. Sonst fühle ich mich plötzlich sehr alt.« Frau Sugiura verzog das Gesicht, als ich sie »Tante« nannte. »Nenn mich Sugiura. Und du bist?«

»Ich heiße Himari Misaki. Das bedeutet Sonnenblume, weil mein Vater sie so gerngehabt hat.«

»Was für ein schöner Name. Ich pflanze jetzt auch Sonnenblumen. Die Kinder auf dem Weg freuen sich darüber.«

Frau Sugiura schien erfreut. Wie Yamane gesagt hatte, hatte sie wohl wirklich ein Herz für die Kinder, die an ihrem Haus vorbeigingen.

Ich fragte mich, warum sie nicht einfach weniger scheußliche Kleider tragen mochte … aber es war nicht richtig, jemanden nach seiner Kleidung zu beurteilen. Ich würde es auch nicht mögen, wenn jemand meine Lieblingsklamotten komisch fände.

»Kann ich Ihnen ein wenig helfen?«

Um von diesen Grübeleien loszukommen, bot ich meine Hilfe an.

Es war eine kleine Wiedergutmachung und ein Dankeschön für den Morgen.

»Wenn du mir helfen willst, wäre das toll.«

»Ich habe immer gerne im Garten geholfen, als meine Großmutter noch lebte.« Das war gelogen. Meine Mutter hatte mich nie helfen lassen, aus Angst, dass meinen Händen etwas passierte.

Aber jetzt wollte ich mich hier im Garten gern ein wenig nützlich machen.

»Dann hilf mir bitte.«

Da ich meine Uniform trug, passte ich auf, dass sie nicht schmutzig wurde, pflanzte ein paar Sonnenblumensamen ein und goss sie an.

»Dein Name bedeutet Sonnenblume, also freuen sich die Blumen im Garten.« Frau Sugiura sagte das, obwohl das, was ich tat, kaum der Rede wert war. Trotzdem fühlte ich großes Glück und wischte mir eifrig den Schweiß von der Stirn.

Ich hatte mich bemüht, nicht schmutzig zu werden, aber nun hatte ich doch einen dicken Schmierstreifen im Gesicht. Frau Sugiura lächelte.

»Wenn du möchtest, kannst du mit reinkommen, dir die Hände waschen und etwas Kaltes trinken.«

»Ähm ...«

Ehrlich gesagt, wäre ich lieber draußen geblieben. Frau Sugiura war immer noch eine »Fremde«. Man konnte doch nicht so einfach zu Fremden ins Haus gehen.

Sie verstand das offenbar und fragte mich noch mal sehr vorsichtig, ob es für mich in Ordnung wäre, hereinzukommen. Ich mochte sie wirklich.

»Vielleicht ist es heute auch sehr gut möglich, draußen zu bleiben«, sagte Frau Sugiura, als sie mein Zögern bemerkte.

»Nein! Wenn es Ihnen nichts ausmacht, gehe ich gerne hinein –«

»Kein Problem. Warte hier. Ich hole ein Handtuch.« Sie wies auf den Wasserhahn neben der Tür und ging ins Haus. Ich wusch mir die Hände, da kam sie mit einem Handtuch und einem Tablett mit einem dunkelbraunen Getränk zurück – es sah nicht nach Cola aus, also war es wahrscheinlich schwarzer Kaffee mit Eiswürfeln.

Sie stellte das Tablett auf die Veranda und stellte einen Klappstuhl und eine Trittleiter auf.

Frau Sugiura lebte offenbar alleine in diesem Haus. Hatte sie keine Familie?

Durch die offene Verandatür sah ich auf einem Hausaltar zwei gerahmte Fotos, aber ich konnte nicht genau erkennen, wer darauf war. Ich sah nur weiße, lila und gelbe Chrysanthemen.

»Die Trittleiter benutze ich immer bei den großen Feuerwerken im Sommer, ich habe nur einen Stuhl.« Sie lachte und bot mir den Stuhl an, während sie sich auf die Leiter setzte.

»Ich kann mich auch auf die Leiter setzen oder stehen bleiben.«

Aber sie bestand darauf, dass die Leiter bequemer sei, und wollte nicht mit mir tauschen.

Es war eine ungewöhnliche nachmittägliche Pause auf der Veranda. Wir begannen ein Gespräch und betrachteten den weißen Himmel vor dem Sonnenuntergang.

»Ein Unfall im Ausland, hm?«

Ich erzählte ihr von mir, als sie mich fragte. Was als Selbstvorstellung begann, wurde zu einem Klagen.

»Ja, es ist wirklich nicht einfach, alles auf null zu setzen und neu anzufangen.«

»Genau. Aber alle behaupten immer, es sei so leicht. Ich sagte meiner Mutter oft, dass ich nicht in Sapporo zur Schule gehen will, aber sie hat darauf bestanden, dass es besser ist. Dabei geht doch gar nicht sie zur Schule, sondern ich!«

Es war schon immer so gewesen. Meine Mutter entschied über meine Zukunft und überließ mich dann mir selbst.

»Ich habe mich gefühlt, als wäre ich allein ins Weltall hinausgeworfen worden.«

Als ich das sagte, kullerte mir eine Träne über die Wange.

»Ja … Man muss ein Kind an der Hand halten, bis es allein gehen kann … Das ist die Verantwortung der Eltern. Auch Mittelschüler sind noch Kinder«, murmelte Frau Sugiura leise und beobachtete eine Mutter mit einem Jungen, die gerade vorbeigingen. Der Junge im Kindergartenalter hüpfte fröhlich neben seiner Mutter her, die ihn an der Hand hielt.

Wir schauten dem Paar schweigend hinterher.

Wenn meine Mutter mich ins Ausland begleitet hätte, wäre der Unfall vielleicht nicht passiert …

Frau Sugiura reichte mir eine kalte Tasse Kaffee, als hätte sie meine Gedanken erraten.

Er roch sehr gut, süß und nach Karamell. Ich hatte noch nie Kaffee getrunken, aber so etwas könnte ich sicher trinken.

Doch der erste Schluck überraschte mich. »Huch, schmeckt der bitter.«

Das hatte ich nicht erwartet.

»Haha, vielleicht bist du dafür noch zu klein.«

Ich war daraufhin etwas beleidigt, aber Kaffee war wirklich bitter. Unglaublich, dass Erwachsenen so ein Getränk schmeckte.

War ich erwachsen, wenn ich das Bittere ertrug und es gut fand? Oder mochten Erwachsene den Geschmack überhaupt wirklich?

»Nimm etwas Zuckersirup und Milch, dann trinkt es sich leichter.«

Sie lachte, als ich die Augen aufriss, und schob mir Sirup und Milch hin.

Ich mochte die Kaffeemilch von Yukijirushi, das war süße Milch, die leicht nach Kaffee schmeckte. Ohne zu zögern, gab ich daher zwei Portionen Zuckersirup und einen großen Schuss Milch in das Glas schwarzen Kaffee.

Nachdem ich gut umgerührt hatte, nahm ich einen Schluck der zart gefärbten Mischung.

»Hm. Kaffee bleibt Kaffee, auch wenn man viel Milch hinzugibt.«

»Haha! Stimmt.«

Die Kaffeemilch war süß und cremig, aber Kaffee mit Zucker und Milch blieb Kaffee. Kaffee ist unerschütterlich.

»Aber … er duftet wirklich gut. Kaffee riecht so gut.«

Meine Großmutter und meine Mutter tranken lieber Tee, daher war ich nicht an Kaffee gewöhnt.

Mein Großvater trank oft Instantkaffee, aber der Kaffee heute duftete viel intensiver.

»Es riecht fantastisch.«

»Gut, oder? Dieses Kaffeepulver habe ich aus dem ›Tacet Yuguredo‹, das ist ein schönes Café, in das ich manchmal gehe. Geh doch auch mal hin. Es liegt in der Nähe des Moerenuma-Parks, und der Sonnenuntergang dort am Glasmuseum ist wunderschön.«

»Tacet … Moerenuma-Park?«

»Ja. Das ist gar nicht weit weg vom Erlebnispark Satoland … kennst du den nicht?«

Ich kannte »Tacet«, als Begriff aus der Musik, aber »Moerenuma« oder »Satoland« hatte ich noch nie gehört.

»Ich bin neu in Sapporo …«

»Aha. Das ist ein großer Park mit viel Natur. Nicht nur Familien mit Kindern, sondern auch viele Paare gehen dort hin, und ebenso Stars und Sternchen. Aber die treffen sich dort heimlich.«

»Oh.«

»Der Kaffee ist dort derart gut, dass die Besitzerin oft als ›Hexe‹ bezeichnet wird, weil sie so unglaublich guten Kaffee zaubert. Es ist recht weit bis dort, aber mit dem Fahrrad kommst du gut hin. Soll ich dich mal mitnehmen?«

»Ja, bitte!«

Die Erwähnung einer »Hexe« störte mich ein wenig, aber die Geschichte interessierte mich sehr. Ein Glasmuseum bei Sonnenuntergang klang wunderbar.

»Es muss dir heute wirklich gut ergangen sein. Dein Gesicht sieht jetzt viel besser aus. Ein großer Unterschied zu heute Morgen.«

Frau Sugiura sah mich lächelnd an.

»Heute Morgen war ich ängstlich und hatte große Angst, in die Schule zu gehen. Vielen, vielen Dank, Sugiura-san.«

»Du musst dich nicht bedanken … Es ist gut, dass es dir jetzt besser geht. Obwohl ich dir Mut gemacht habe, habe ich mir Sorgen gemacht, ob du vielleicht etwas Schlimmes erlebt hast und meinetwegen leidest.«

Als ich Frau Sugiura so erleichtert sah, schüttelte ich hastig den Kopf.

»Selbst wenn es so gewesen wäre, wäre es nicht Ihre Schuld, Sugiura-san. Das wäre mein Problem oder das meines Umfelds.«

»Das mag sein, aber … ich erinnere mich an ein Lied, in dem das Leben mit Fäden verglichen wird. Viele Fäden werden miteinander verwoben und formen das Leben eines Menschen. Ein Faden, den man aus guten Absichten zieht, kann sich in eine unvorhersehbare Richtung weiterverweben.«

Damit kniff mich Frau Sugiura wieder sanft in die Wange, genau wie am Morgen.

»Trotzdem konnte ich nicht anders, als dich anzusprechen, als ich heute Morgen dein Gesicht gesehen habe. Wie schön, dass sich alles zum Guten gewendet hat. Wirklich gut.«

»Sugiura-san ...«

Ich hatte noch nie eine ältere Frau mit so bunten Haaren und Kleidern in so schreienden Farben gesehen.

Ihre laute Stimme hatte mich erschreckt, und es war geradezu beängstigend, dass sie einfach wahllos Passanten anquatschte.

Aber die Frau Sugiura, die mich jetzt ansah, war sehr freundlich und nett – und schien ein bisschen einsam zu sein. Zumindest hatte ich das Gefühl, dass niemand außer ihr in ihrem Haus lebte.

Vielleicht war diese übertriebene Freundlichkeit ein Ausdruck ihrer Einsamkeit, und vielleicht war sie so nett zu mir, weil ich offensichtlich ebenfalls Einsamkeit ausstrahlte. Gleichzeitig aber hatte Frau Sugiura eine Kraft an sich, die jede Schwäche mit einem Lächeln wegzuwischen schien.

Es war fast anmaßend von mir, zu denken, sie sei einsam.

Tatsächlich verbrachten wir über eine Stunde in harmonischer Unterhaltung, lachten viel, und die Zeit bis zur Dämmerung verging wie im Flug. Es hieß Abschied nehmen. Die Sonne, die ich heute Morgen so sehr gehasst hatte, sollte doch noch ein wenig länger am Himmel bleiben.

Aber es ging nicht anders. Ich musste nach Hause,

bevor sich meine Mutter Sorgen machte und bevor ich Frau Sugiura zu sehr belästigte.

»Vielen Dank für alles heute. Dank Ihnen habe ich das Gefühl, dass ich es von jetzt an schaffen kann.«

»Na, na. Mal nicht gleich übertreiben. Und wenn du wirklich das Gefühl hast, dass du es nicht schaffst, dann musst du dich nicht zwingen. Aber das Leben ist ein ständiger Fluss. Wenn du morgen einen Tag mit einem Lächeln verbringen kannst, und das dann eine Woche, einen Monat lang, dann ist ein Jahr im Nu vorbei.«

Das war leichter gesagt als getan. Aber es war eine schöne Einstellung, jeden Tag zu versuchen, ein bisschen mehr zu lächeln.

»Ich nehme mir vor, morgen mehr zu lächeln.«

»Mach das.«

»Ja, und auch am Tag danach.«

Frau Sugiura nickte zu meinen entschlossenen Worten und verabschiedete mich mit »Pass auf dich auf«.

Das musste ich wirklich. Aber jetzt fühlte ich mich leicht und beschwingt.

Als ich nach Hause kam, ertrug ich dank dieses Höhenflugs leicht die lästigen Fragen meiner Mutter, die wissen wollte, wie es in der Schule gewesen sei und ob ich Freunde gefunden hätte, genauso wie diverse spitze Bemerkungen meiner Schwester, und zog mich schließlich in mein Zimmer zurück.

Alles war gut.

Und morgen würde auch wieder alles gut werden.

Und wenn nicht – Frau Sugiura würde mir zuhören. Ich könnte sie einfach so besuchen.

Ich freute mich auf blühende Sonnenblumen, den

Moehrennummer-wie-auch-immer-Park mit dem Glas-museum und das Café.

Beim Gedanken an den nächsten Tag zog sich in mir normalerweise alles zusammen. Aber heute war es anders.

Ich konnte es kaum erwarten, Frau Sugiura morgen wiederzusehen. Mit diesem Gefühl schlief ich ein.

3

Am nächsten Morgen war das Wetter wieder sonnig, und der Himmel war blau, wenn auch nicht so strahlend wie am Tag zuvor.

Im Fernsehen sagte der Wetterfrosch, dass es zu dieser Jahreszeit normalerweise kalt sei, aber dieses Jahr würde die milde Witterung bis zum Sommer anhalten.

Flieder in Japan ... Folgendes hatte ich gestern auf dem Heimweg von der Schule herausgefunden: Flieder stammte ursprünglich nicht aus Hokkaido, sondern wurde von Sarah Clara Smith, einer Lehrerin aus Amerika, nach Sapporo gebracht. Im Jahr 1960 wurde der Baum zur Stadtpflanze von Sapporo erklärt, und im Odori-Park wurde derzeit das Fliederfestival gefeiert.

Auf Japanisch hieß der Baum *Murasaki Hashidoi*. In der Sprache der Blumen stand er für »Erinnerung« und »wertvolle Freunde«. Frau Sugiura hatte davon berichtet, dass die Stadt jedes Jahr kostenlos Setzlinge verteilte, und mittlerweile schmückten unzählige dieser Bäumchen die Vorgärten der Häuser.

Ich war von diesen wunderschönen Blüten so begeistert, dass ich den ganzen Weg bis zur Schule ihren Duft schnupperte. Und auf einmal stand ich vor meiner Schule.

»Hä? Habe ich mich im Weg geirrt?«

Heute Morgen hatte ich Frau Sugiura nicht getroffen.

Ich musste aus Versehen an ihrem Haus vorbeigelaufen sein. Aber Frau Sugiura hätte mich doch sicher angesprochen, wenn sie mich gesehen hätte?

Vielleicht war ich irgendwo falsch abgebogen ... oder Frau Sugiura war heute nicht draußen gewesen. Vielleicht war sie nur gerade im Haus gewesen. Hoffentlich machte sie sich keine Sorgen um mich.

Ich beschloss, ihr auf dem Heimweg Hallo zu sagen. Während ich noch darüber nachgrübelte, begann der Unterricht, und der halbe Tag verging wie im Flug.

Heute gelang es mir, wieder ein bisschen zu lächeln.

Mathematik war sehr schwer, und ich hatte in jedem Fach zu kämpfen, um überhaupt mitzukommen, sodass ich kaum Zeit zum Lächeln hatte. Aber zwischen den Stunden hatte ich zumindest kein unfreundliches Gesicht gemacht.

Ich wollte Frau Sugiura davon erzählen, nicht um Lob einzuheimsen, sondern ich wollte ihr zeigen, dass ich ihren Rat befolgte. Wir hatten uns mit den Worten »bis morgen« verabschiedet. Vielleicht hatte ich deshalb das Gefühl, eine neue Freundin gewonnen zu haben.

Auf dem Heimweg wählte ich denselben Weg wie gestern, achtete darauf, keinen Fehler zu machen.

»Hä, was?«

Ehe ich michs versah, war ich zu Hause.

»Schön, dass du wieder da bist, Himari.«

Meine Mutter nahm gerade ein Paket vom Zusteller entgegen und begrüßte mich.

Seltsam war das! Ich hatte mich diesmal doch wirklich nicht verlaufen. Aber ich hatte weder Frau Sugiura auf dem Bürgersteig gesehen noch ihr Haus gefunden.

»Ähm … ich habe etwas in der Schule vergessen. Ich gehe noch einmal zurück.«

»Was? Kann das nicht bis morgen warten?«

»Das ist die Angabe für die Hausaufgabe, die ich morgen abgeben muss!«

Mit diesen Worten sprang ich schnell auf mein Fahrrad, immer noch in meiner Schuluniform. Es war wirklich komisch, das konnte doch gar nicht sein!

Ich hatte den Weg nicht verwechselt. Ich war die Straße entlang bis zum Seicomart gegangen, links am Konbini vorbei, weiter bis zur Hauptstraße, dort wieder links und geradeaus.

Frau Sugiuras Haus hatte kurz vor der Hauptstraße gestanden.

Ich suchte die umliegenden Gässchen und Wege ab. Aber trotz meiner verzweifelten Suche konnte ich Frau Sugiuras Haus nirgends entdecken.

»Was zum …?«

Ich war keinen anderen Weg gegangen. Aber als ich an der Stelle ankam, an die ich mich erinnerte, fand ich dort nur einen Parkplatz.

»Ich spinne doch nicht. Das war der richtige Weg! Aber wieso ist da jetzt ein Parkplatz … warum? Wie kann das sein?«

Ich stieg vom Fahrrad ab und starrte benommen auf den Parkplatz.

Selbst wenn es möglich wäre, einen Parkplatz in einer Nacht zu bauen, wie hätte man über Nacht ein ganzes Haus abreißen und verschwinden lassen können?

Nein, das war unmöglich. Es gab keine Anzeichen von Umzugsaktivitäten, und warum sollte man Sonnenblumen in einem Garten pflanzen, wenn man das Haus abreißen wollte? Und wo war überhaupt dieser duftende Fliederbaum?

Flieder hieß »Erinnerung« und »wertvolle Freunde« – aber wo war die »Freundin« geblieben?

»War das ein Traum … eine Halluzination gewesen?«

Das konnte nicht sein. Beides war unmöglich. Ich hatte gestern Frau Sugiura hier getroffen. Punkt.

»Himari, gehst du nach Hause?«, rief jemand hinter mir.

»Nein … nein, noch nicht. Ich … ich muss noch was erledigen.«

Als ich mich umdrehte, sah ich Yamane und ihre Freundinnen auf dem Heimweg. Ich fühlte mich erleichtert.

Gestern hatten sie mir von Frau Sugiura erzählt. Sie kannten sie, also konnte es keine Halluzination gewesen sein!

»Ähm, wisst ihr, was hier mal für ein Haus war?«, fragte ich sie hoffnungsvoll.

»Ein Haus? Den Parkplatz gibt es hier doch schon seit Jahren …«, antwortete Yamane verwundert.

»Und Frau Sugiura?«

»Frau Sugiura?«

Die drei sahen sich verwirrt an.

»Das darf gar nicht wahr sein …«

Es konnte nicht sein. Yamane und ihre Freundinnen hatten mir doch erst gestern von Frau Sugiura erzählt!

»Warum …?«

Das muss ein Scherz sein. Sag mir, dass das ein Scherz ist. Ich wollte es sagen, aber ich wusste, dass sie mich nicht auf den Arm nahmen.

Es war seltsam. Wie in aller Welt konnte über Nacht aus einem Haus mit Garten ein Parkplatz werden?

»Alles gut bei dir, Himari?«, fragte Tani besorgt.

Natürlich war nicht alles gut bei mir. Aber hätte ich ihnen sagen können, dass ich Illusion und Realität nicht unterscheiden konnte? Es fühlte sich nicht wie eine Illusion an. Ich hatte mich gestern so gefreut. Es war ausgeschlossen, dass ich mir das alles eingebildet hatte. Die Hilfe der freundlichen alten Dame, das Kaffeetrinken …

»Ach ja, das Café!«

»Kaffee?«

»Das Tacet … Ähm, gibt es in der Nähe nicht einen großen Park? Moehrennumer oder so? Oder Satoland?«

»Meinst du Moerenuma? In der Nähe von Satoland? In der Nähe ist das aber nicht …«

Yamane und ihre Freundinnen sahen sich an.

»Hm, zu Fuß ist es zu weit, aber mit dem Fahrrad braucht man etwa eine halbe Stunde.«

Oikawa, die ein Handy dabeihatte, zeigte mir die Route in einer Karten-App.

Der Weg schien nicht schwer zu finden, und mit dem Fahrrad war es machbar. Zumindest war der Moerenuma-Park keine Einbildung. Es war ein Ort, von dem ich vorher nie etwas gehört hatte. Wie hätte er also in einem Traum oder einer Halluzination vorkommen können.

»Danke.«

Als sie sahen, dass ich gehen wollte, fragte Yamane besorgt: »Geht es dir gut? Sollen wir mitkommen?«

»Nein, nein. Ich schaff das alleine.«

Wenn ich weiter über Frau Sugiura redete, würden sie sich erst recht Sorgen machen.

Es war aber keine Halluzination. Ich wollte daran glauben.

Gestern hatte ich Frau Sugiura wirklich getroffen.

Ich trat so fest in die Pedale, als hinge mein Leben davon ab. Ich fuhr von der Innenstadt weg und bog in die Sankaku-Straße ein, dann weiter geradeaus. Von einer belebten Einkaufsstraße ging es in ein Wohngebiet und über einen Fluss in eine triste Landschaft. Es gab Wiesen und ein paar niedrige Werkshallen, aber keine Spur von einem Park oder Café.

Ich befürchtete schon, mich verfahren zu haben, aber die Schilder zum Moerenuma-Park zeigten mir, dass ich immer noch auf dem richtigen Weg war. Und doch …

»Puh …«

Ich war weit gekommen, aber ich war fix und fertig. Vielleicht hätte ich mehr Zeit einplanen sollen …

Aber jetzt konnte ich nicht mehr umkehren. Trotz meiner Sorgen, meiner Einsamkeit, meiner Wut und meiner Unsicherheit strampelte ich weiter.

Schließlich tauchten wieder Geschäfte und Häuser auf, und ich sah das große Tor und Hinweisschilder zum Moerenuma-Park.

»Ah …«

Ich zitterte vor Erleichterung.

Das Café tauchte plötzlich zwischen den Bäumen auf.

»Es ist da … es ist wirklich da … das ›Tacet Yuguredo‹.«

Ich konnte es kaum glauben.

Das Café war in einem orangefarbenen Backsteinge-bäude untergebracht, passend zum Namen Yuguredo, der »Halle der Abenddämmerung«.

Es hatte ein hübsches dreieckiges Dach und leicht verblasste roten Markisen über den großen Fenstern. Grüner Efeu kletterte die roten Ziegel empor.

Im hinteren Teil des Parkplatzes, der Platz für drei Autos bot, war ein schöner Garten, in dem sich weiße und rosa Fliedersträucher im Wind wiegten. Schon der Anblick rührte mich zu Tränen.

Aber das war nicht mein Ziel. Vorsichtig stellte ich mein Fahrrad ab und legte die Hand an die schwere Holztür.

Unter dem »Open«-Schild stand »Geöffnet … bis Sonnenuntergang«.

Ich zog kräftig, und die Tür öffnete sich leichter als erwartet. Eine etwas dumpfe Glocke kündigte ener-gisch mein Kommen an.

»Willkommen.«

Aus dem Inneren des Ladens kam eine schlanke, hübsche Frau, die mich mit einem freundlichen Lä-cheln begrüßte. War sie die Hexe, der das Café gehörte, von der Frau Sugiura gesprochen hatte …?

Sie hatte glattes, dunkelbraunes Haar und blickte mich mit großen dunklen Augen neugierig an.

»Ähm …«

»Hier entlang, bitte.«

Sie wies auf einen Platz gegenüber der Theke. Ich war verlegen. Da ich ja direkt nach der Schule gekommen war, nicht als Gast, und ich hatte kein Geld dabei …

»Ich … ich habe heute mein Portemonnaie verges-sen …«

»Wir akzeptieren auch Handyzahlung … aber das ist es nicht, oder? Ein Gast ohne Geld?«

»Ja … so könnte man es sagen … aber eigentlich bin ich gar nicht mal als Gast hier …«

Fragend legte die Inhaberin den Kopf leicht schief.

Ich konnte mich nicht setzen, aber ihre Einladung einfach zu ignorieren war auch unhöflich, also blieb ich an der Theke stehen.

Der Holzboden knarrte leise unter meinen Füßen. Obwohl ich eine Frage hatte, wusste ich nicht, wie ich anfangen sollte. Was wollte ich überhaupt wissen?

Das Schweigen war irgendwie peinlich … Ich atmete tief durch und fasste mir ein Herz, um endlich eine Erklärung zu liefern.

»Ähm … das kommt Ihnen vielleicht komisch vor, aber kennen Sie eine Frau Sugiura?«

»Hm?«

»Eine fröhliche ältere Dame, die so bunte Kleider trägt, dass es schon fast in den Augen wehtut …«

Ich dachte, sie würde sich vielleicht nicht erinnern, wie Yamane und die anderen. Oder sie könnte sich nicht an jeden Kunden erinnern. Aber die Cafébesitzerin, die mich anstarrte, nickte schließlich.

»Ja, ich kenne sie.«

»Was?«

»Sie sah immer wunderschön aus in ihren bunten Kleidern. Sie mochte Kaffee aus Äthiopien, der hat ein gutes Aroma und eine starke Säure.«

»Ah …«

Die Ladenbesitzerin sah mich forschend an, aber als sie meine Tränen sah, lächelte sie sanft. Bei ihr war es sicher.

Die Ladenbesitzerin sprach von der Frau Sugiura, die ich kannte. Es war keine Halluzination oder Fantasie. Sie sprach tatsächlich von Frau Sugiura. Es war real, kein Traum.

Frau Sugiura war wirklich da gewesen, das Treffen mit ihr war kein Hirngespinst gewesen!

»Ich weiß, dass es komisch klingt ... aber niemand erinnert sich an Frau Sugiura. Ihr Haus ist weg ... über Nacht ...«

Tränen liefen mir über das Gesicht, während ich redete, und die Ladenbesitzerin sagte ruhig: »Ja.«

»Wie, ›Ja‹ ...?«

»Ja, ich verstehe.«

»Was?«

»Nun ... ich kann dir nur sagen, dass die ›Frau Sugiura‹, die du kennst, nicht mehr da ist.«

»Wie können Sie das so grausam sagen?« Ich erhob unwillkürlich meine Stimme, doch sie legte sanft ihren Finger an die Lippen. Dann reichte sie mir eine Speisekarte.

»Das geht aufs Haus. Aber setz dich erst mal.«

»Ah ...«

Mir wurde bewusst, dass ich den Betrieb störte. Zum Glück schienen keine anderen Gäste da zu sein, unhöflich war es aber trotzdem.

»Entschuldigung. Ich wollte nicht stören!«

Ich wollte hastig das Café verlassen, aber sie hielt mich zurück.

»Warte! Du störst nicht. Setz dich einfach.«

»Aber ...«

»Setz dich, bitte.«

Die Inhaberin schob mich sanft auf einen Stuhl.

»Es tut mir leid. Ich bringe morgen das Geld vorbei.«

Die Ladenbesitzerin schüttelte mit einem Lächeln den Kopf. Es war mir peinlich, dass ich kein Geld dabeihatte.

»Ich hatte befürchtet … dieses Café könnte auch auf einmal weg sein … so wie Frau Sugiuras Haus …«

Sie lächelte mich freundlich an und sagte: »Ich verstehe.«

4

Die Wände waren mit glänzendem Holz vertäfelt, wie der Boden, und mit einer alten Uhr, getrockneten Blumen in sanften Tönen, sepiafarbenen Postern und vielen Tassen auf einem Regal dekoriert. Insgesamt war die Anmutung eher gedämpft. Es war, als wäre man von den sanften Farben eines alten Fotos, das eine seltsame Ruhe ausstrahlte, umgeben.

Auf der Vorderseite der Speisekarte stand: »Wir bieten Ruhe. Bitte vermeiden Sie lautes Sprechen und den Gebrauch von Mobiltelefonen.«

»Tacet« war ein Begriff aus der Musik und bedeutete, keine Stimme oder Geräusche zu machen, es war eine »lange Pause«. Durch die großen Fenster konnte man den Sonnenuntergang beobachten. Es war ein Ort, an dem man die Dämmerung in Ruhe genießen konnte.

»Was darf ich dir denn bringen?«, fragte mich die Inhaberin, aber eigentlich verstand ich auf der Karte kein Wort.

Aber ich musste etwas bestellen … nach langem Überlegen entschied ich mich für einen »Caramel Latte«, der am süßesten klang.

Die Beschreibung lautete: »Genießen Sie die Harmonie der herrlichen seidigen Textur der hochklassigen, reichhaltigen Milch von Brown-Swiss-Kühen, hausgemachtem Karamell und der Spezialmischung aus dunkel gerösteten Kaffeebohnen.« Ich konnte mir den Geschmack nicht vorstellen.

Aber der Kaffee, den ich bei Frau Sugiura getrunken hatte, hatte auch gut gerochen, also dachte ich, dass Karamellkaffee mit Milch eventuell etwas für mich sein könnte.

Als ich bestellt hatte, wandte sich die Ladenbesitzerin der Kaffeemaschine hinter der Theke zu. So machte man also Kaffee.

Fasziniert beobachtete ich sie, aber ihr Lächeln verriet mir, dass sie konzentriert arbeitete, also blieb ich still.

Nach einer Weile stellte sie mir meinen Latte in einer hübschen roten Tasse hin, garniert mit Milchschaum und Karamellsoße.

Ich blies auf den heißen Kaffee und nahm einen Schluck.

Zuerst schmeckte ich die cremige Milch und das Karamell, dann entfaltete sich ein blumiger Duft, gefolgt von einer leichten Bitterkeit des Kaffees und den Röstaromen des Karamells. Der Nachgeschmack war bitter, aber mein Kaffee war süß genug, um ihn in kleinen Schlucken zu trinken, und er hatte ein vielschichtiges, angenehmes Aroma … Es schmeckte wirklich gut.

Die Cafébesitzerin lehnte sich über den Tresen und fragte: »Ist er nicht zu süß? Geht es?«

»Ja, ich mag ihn wirklich gern so. Dieser Kaffee ähnelt dem, den ich gestern bei Frau Sugiura getrunken habe.«

»Ja, das stimmt. Wir haben für sie auch äthiopische Bohnen beigemischt, die mochte sie sehr gern.«

Ich verstand nichts von Kaffee, aber den Geschmack

und das Aroma des Kaffees, den ich gestern getrunken hatte, vergaß ich nicht.

Die Erinnerung an den Nachmittag mit Frau Sugiura überkam mich, und ich war den Tränen nahe.

»Ähm … ich wollte über Frau Sugiura sprechen …«

»Ja.«

Ich erzählte ihr, wie ich Frau Sugiura gestern getroffen und ihren Kaffee probiert hatte und wie ich dank ihr heute zur Schule hatte gehen können.

Dann erzählte ich ihr, dass Frau Sugiuras Haus heute nicht mehr da war und an seiner Stelle ein Parkplatz war.

Und dass meine Klassenkameraden sich nicht mehr an Frau Sugiura erinnern konnten.

Die Cafébesitzerin hörte mir ruhig zu, aber ich wusste nicht, wie viel sie mir glaubte.

Während ich sprach, wurde ich immer unsicherer. Vielleicht konnte ich nicht mehr zwischen Realität und Illusion unterscheiden. Vielleicht war es eine schwere Wahnvorstellung, weil ich mir bei dem Unfall den Kopf gestoßen hatte, oder es war der Stress des neuen Lebens.

»Sie müssen mich für verrückt halten …«

Die Ladenbesitzerin lächelte.

»Aber in meiner Erinnerung war Frau Sugiura real. Sie hat mir von diesem Café erzählt … und wir wollten zusammen hierher kommen …«

Was war real und was nicht? Ich wusste nicht mehr, was ich sagen sollte, also starrte ich in meine Tasse. Ich dachte, Erinnerungen und Gedanken waren solide, egal, ob gut oder schlecht, aber jetzt fühlten sie sich wie der Milchschaum an, flüchtig und unsicher. Vielleicht war es nicht einmal real, dass ich hier in diesem Café einen Karamell-Latte trank.

»Obwohl ich mich an den Geschmack und Duft des Kaffees von gestern so gut erinnere, war es ein Traum?«

Mit einem Seufzer blies ich den Dampf weg.

»Nein, es war kein Traum.«

Die Ladenbesitzerin sprach mit fester Stimme, als wollte sie meine Befürchtungen zerstreuen.

»Was?«

»Es war kein Traum. Du hast dir nichts eingebildet. Aber …«

In dem Moment klingelte die Glocke an der Ladentür.

»Willkommen.«

Die Cafébesitzerin wandte sich eilig dem neuen Gast zu.

»Guten Tag.«

Es war ein älterer Herr mit schönem weißem Haar.

»Kobayashi-san, wie ungewöhnlich, Sie an einem Wochentag zu sehen!«

»Ja, normalerweise komme ich nur am Wochenende.«

Er kam also normalerweise an den Wochenenden, was bedeutete, dass er unter der Woche arbeitete? Sein Anzug sah beeindruckend aus und erinnerte mich an einen strengen Lehrer aus meiner Zeit im Ausland.

Aber im Gegensatz zu meinen stets grimmigen Lehrern im Ausland hatte er ein freundliches Gesicht und wirkte irgendwie wie eine wichtige Persönlichkeit. Ein Firmenchef vielleicht?

»Was darf ich Ihnen heute bringen? Wie immer Costa Rica?«

»Ja … Nein, heute möchte ich etwas Bitteres.«

»Guatemala vielleicht … oder lieber keine Säure?«

»Ja, bitter, aber lieber etwas ohne Säure. Heute ist mir danach.«

Sie unterhielten sich über Dinge, die ich nicht verstand, und Herr Kobayashi setzte sich einen Hocker von mir entfernt an den Tresen und nickte mir zu. Ich grüßte hastig zurück.

Die Barista warf mir einen Blick zu, der »Wir reden später« zu sagen schien. Ich nickte verständnisvoll.

»Etwas mit einem kräftigen Geschmack … Wie wäre es mit Mandheling? Der ist heute besonders gut, etwas weniger geröstet als sonst, mit einem erdigen Aroma.«

»Oh, das klingt gut. Und wo ist denn Higure?«

»Der ist mit Mokka beim Arzt.«

»Ach, der hat auch immer viel um die Ohren.«

»Ja, aber er macht es gerne.«

Ich verstand nicht viel, aber ich merkte, dass Herr Kobayashi ein Stammgast war.

Um sie nicht zu stören, versuchte ich, auf meinem Hocker unsichtbar zu werden. Doch die Inhaberin sprach mich an: »Ach …«

»Ich heiße Misaki. Himari Misaki.«

»Meine liebe Himari, kann ich dir noch etwas bringen? Vielleicht etwas weniger Süßes, da es bald Zeit zum Abendessen ist?«

Es war bald Essenszeit. Zu viel Süßes könnte mir den Appetit verderben.

»Aber ich mag es nicht bitter …«

»Vielleicht einen Keks dazu? Dann wäre es nicht so bitter.«

Die Ladenbesitzerin sah mich freundlich an, als ihr die Idee kam.

»Aber vor dem Abendessen?« Herr Kobayashi runzelte die Stirn.

»Stimmt, das war keine gute Idee, *haha*.«

Ob ich nun etwas Süßes trank oder einen Keks dazu aß, würde keinen Unterschied machen, mit beidem würde ich mir den Appetit verderben.

Die Ladenbesitzerin lachte verlegen. Obwohl sie so selbstbewusst wirkte, war sie nicht unfehlbar.

»Hm ... ich habe Zitronen, aber nicht genug für Limonade, und der Orangensaft ist auch alle ...«

»Bitte machen Sie sich keine Umstände, der Karamell-Latte war sehr gut ...«

Als ich das sagte, schlug Herr Kobayashi vor: »Wie wäre es mit Coffee Soda?«

»Was?«

Soda? Mit Kaffee?

»Ja, das wäre nicht bitter.«

Die Barista lächelte. Moment mal, Coffee Soda? Das klingt ...

»Hm, das ist ... glaub ich, nicht so mein Fall ...«

Das klang nicht appetitlich ...

»Probier es mal, das schmeckt dir sicher.«

»Der ... Karamell-Latte war wirklich gut!«

Trotz meines Protests lächelten die beiden weiter.

»Vertrau uns, probier es einfach.«

»Ich ...«

Wenn ich nicht einmal schwarzen Kaffee auf Eis mochte, schmeckte mir Kaffee mit Sprudelwasser doch erst recht nicht!

Warum hörten Erwachsene nur nie auf mich ... Mit einem unterdrückten Seufzer machte ich mich bereit für einen ersten Schluck von der sprudelnden, teefarbenen Flüssigkeit. »Du kannst auch einen Spritzer Zitrone haben.« Die Dame schob mir ein Tellerchen mit Zitronenspalten hin.

Ich war irgendwie enttäuscht, dass keine Milch darin war. Andererseits wäre prickelnde, sprudelnde Milch ziemlich seltsam. Aber wie auch immer, ich hatte definitiv keine Lust darauf, dieses seltsame Gebräu zu probieren. Doch die beiden Erwachsenen sahen mich so erwartungsvoll an. Ich wusste nicht, wie ich da hätte ablehnen können, und zog daher trotzdem einmal an meinem Strohhalm. *Ich mag das nicht. Ich mag es überhaupt nicht. Ich will das nicht runterschlucken …*

»Was?« Ich war überrascht, und die beiden lächelten noch breiter.

»Das soll Kaffee sein?«

Es schmeckte süß, nach Karamell ohne das Bittere darin. Und es hatte einen fruchtigen Nachgeschmack.

Die Süße erinnerte mich an getrocknete Aprikosen. Es war köstlich, und mit etwas Zitronensaft wurde es noch erfrischender.

»Das schmeckt wirklich gut … Ist das wirklich Kaffee?«

»Ja, aber das wird aus den Kaffeekirschen gemacht, nicht aus den Bohnen.«

»Aus Kaffeekirschen?«

»Ja. Kaffeebohnen sind die Samen der Früchte. Dein Getränk ist aus dem Fruchtfleisch gemacht.«

Die Ladenbesitzerin und Herr Kobayashi erklärten es mir lächelnd. Es schmeckte wirklich gut. Vielleicht war es gar nicht schlecht, dass ich mir das Getränk hatte aufschwatzen lassen.

»Kirschen … ich dachte, Kaffee gibt es nur als Bohnen.«

»Kaffee blüht auch schön. Er riecht wie Jasmin.«

Die Cafébesitzerin holte ein Album und zeigte mir Bilder.

»Wow, die sind aber schön!«

Sie hatte eine Kaffeefarm besichtigt und Fotos gemacht. Die kleinen weißen Blumen blühten dicht an dicht.

»Sie sehen ein bisschen aus wie Flieder.«

»Ja … sie gehören zwar nicht zur selben Familie, aber sie sehen ähnlich aus. Flieder gehört zu den Ölbaumgewächsen, und Kaffee gehört zu den Asterngewächsen, also entfernte Verwandtc.«

»Verstehe …«

Die weißen Kaffeeblüten waren wirklich hübsch.

Ich war überrascht, dass Kaffeeblüten weiß waren. Die Früchte sahen aus wie Preiselbeeren, saßen aber dichter an den Zweigen, und es waren auch viel mehr.

Blumen werden zu Früchten … Das war allgemein bekannt, trotzdem beeindruckte es mich.

»Vielleicht mag Frau Sugiura auch Kaffeeblüten«, murmelte ich, und die Inhaberin lächelte.

»Blumen hatte sie immer sehr gern, das stimmt.«

Als Herr Kobayashi das Café betreten hatte, dachte ich, mein Gespräch mit der Inhaberin wäre womöglich beendet, aber sie schaltete sich ein: »Ja, Frauen lieben Blumen.«

Herr Kobayashi lächelte, während er an seinem Kaffee nippte und uns beobachtete.

»Es gibt sicher auch Frauen, die Blumen nicht mögen …«

Meine Mutter mag Blumen zum Beispiel überhaupt nicht. Ich glaube nicht, dass Vorlieben oder Abneigungen etwas mit dem Geschlecht zu tun haben. Wahrscheinlich gibt es genauso viele Männer wie Frauen, die Blumen mögen.

»Ja, das stimmt. Aber es gibt sicher nur wenige, die Blumen total furchtbar finden. Wenn ich schöne Blumen sehe, werde ich automatisch fröhlich und freue mich«, sagte die Inhaberin.

»Das stimmt. Auch ich liebe Blumen sehr.« Ich nickte. »Solange man sich für Blumen begeistern kann, hat man in seinem Herzen Platz. In schweren Zeiten hat man kaum ein Auge dafür.«

Tatsächlich war mir selbst die Schönheit der Fliederblüten erst an dem Tag, als ich Frau Sugiura kennengelernt hatte, auf dem Heimweg von der Schule aufgefallen.

»Blumen kommen uns schön vor, weil wir in dem Moment glücklich und zufrieden sind.«

»Weil wir glücklich sind, sind sie schön … Ich verstehe …«

Herr Kobayashi runzelte plötzlich traurig die Stirn, als er meine Worte hörte.

»Habe ich etwas gesagt, das ich nicht hätte sagen sollen?«

Er sah auf einmal so traurig aus, dass ich unwillkürlich fragen musste.

»Nein … heute ist nur der Geburtstag meiner verstorbenen Frau …«, murmelte er und führte die Kaffeetasse mit einem bedauernden Kopfschütteln zum Mund.

5

Acht Jahre sind es nun schon, seit sie von uns gegangen ist …«, begann Herr Kobayashi leise zu
erzählen.

Gerade in diesem Moment tauchte die untergehende
Sonne den Himmel in purpurrotes Licht. Die alte
Wanduhr stand still. Es duftete nach Kaffee.

Ich bemerkte, dass im Tacet – ungewöhnlich für ein
Café – keine Musik im Hintergrund spielte.

Hier waren die leisen Geräusche, die die Tassen
machten, wenn sie sich berührten, und die Geräusche der Menschen, die sich bewegten oder Stühle
rückten, das Knarzen der Dielen die Hintergrundmusik.

In der sanften Stille seufzte Herr Kobayashi leise.

Seine Frau war drei Jahre jünger gewesen als er. Sie
hatten leider keine Kinder, aber sie unterstützte ihn sowohl privat als auch beruflich und half ihm in seiner
Firma. Sie war eine sehr zuverlässige Frau.

»Es gibt das Sprichwort ›Eine Frau, die mit dir Reis-
kleie und Armeleuteessen teilt, treibt man nicht aus
dem Haus‹. Schlechte Zeiten hatten wir nie zu teilen,
und auch ohne Kinder fühlte ich mich ihr immer sehr
verbunden und war ihr dankbar, und sie wusste das sicher. Aber …«

»Aber?«

Herr Kobayashi zögerte, wählte seine nächsten Worte sorgfältig und nahm dann einen Schluck Kaffee, als wolle er seine Verlegenheit überspielen.

»Na ja …«

Am liebsten hätte ich ihn gedrängt: »Na los, spannen Sie uns nicht auf die Folter und sagen Sie schon.« Doch in der angespannten Atmosphäre konnte ich ihn nicht zum Weiterreden drängen, also nippte auch ich an meinem Coffee Soda.

Plötzlich murmelte Herr Kobayashi: »Der ist wirklich bitter.«

»Soll ich Ihnen einen Kaffee mit den üblichen Bohnen neu aufbrühen?«

»Nein. Ich wollte heute etwas Bitteres … Jedes Mal, wenn der Geburtstag meiner Frau kommt, erinnere ich mich an ihren letzten Geburtstag, den wir zusammen gefeiert haben, und es lässt mich fast wahnsinnig werden, so leid tut mir alles.«

Obwohl sie eine Katze und einen Hund gehabt hatten, die sie wie ihre Kinder oder Enkel verhätschelten, war ihnen nur ein Leben zu zweit bestimmt. Obwohl sie jeden Tag zusammenarbeiteten, sorgte Herr Kobayashi dafür, dass seine Frau sich nie einsam fühlte, indem er sie von Zeit zu Zeit zum Ausgehen einlud.

An ihrem Geburtstag gingen sie zum Abendessen in ein Hotel in der Nähe des Bahnhofs von Sapporo und genossen italienisches Essen und die nächtliche Aussicht, bevor sie zurückkehrten.

Beide hatten etwas getrunken, und auf dem Weg zum Taxistand blieb seine Frau plötzlich stehen. Vor einem Blumenladen.

»Vor dem Blumenladen bat mich meine Frau, ihr

Blumen zu kaufen. ›Ich hab doch heute Geburtstag. Tust du das für mich?‹«

Seine Frau war etwas beschwipst und bat ihn mit leicht gerötetem Gesicht um Blumen.

Statt Geburtstagsgeschenken gönnten sie sich jedes Jahr eine Luxusreise. Aber ein kleines Geschenk wäre keine große Sache gewesen, sagte Herr Kobayashi.

Wenn es Süßigkeiten oder schöne Kleidung oder Taschen gewesen wären, hätte er sie ohne Zögern gekauft. Aber weil es »Blumen« waren, hatte er gezögert.

»Ich bin ein altmodischer Mensch, und es war mir peinlich, meiner Frau Blumen zu kaufen. Die anderen Kunden waren alle junge Frauen, ebenso die Verkäuferinnen. Es war mir unerträglich, meiner Frau Blumen zu schenken, während sie zusahen.«

Es war eine dumme Verlegenheit und Scham, sagte er. Also fand er Gründe, sie nicht zu kaufen. Damals dachte er, das sei kein großes Problem.

»Aber kurz darauf wurde bei meiner Frau eine Krankheit diagnostiziert, und sie starb vor ihrem nächsten Geburtstag. Und mir wurde klar, dass die einzigen Blumen, die ich meiner Frau je geschenkt hatte, die auf ihrem Sarg waren.«

Ein kleines, einfaches Geschenk wie eine Blume.

»Warum hab ich das damals so hartnäckig abgelehnt ...«, presste er hervor. »Ich weiß nicht einmal, welche Blumen meiner Frau gefallen hätten. Warum war ich so stur und habe ihr nicht einfach diese Freude gemacht? Das traurige Gesicht, das sie damals gemacht hat, hat sich in mein Gedächtnis eingebrannt.«

Die Hand, in der er seine Tasse hielt, zitterte vor Wut auf sich selbst, dass er seiner Frau nicht einmal ihre

Lieblingsblumen ans Grab bringen konnte. Doch seine Frau hatte seine Eigenart akzeptiert und war sanft gegangen, ohne Groll, glücklich.

War es Resignation? Hatte er seine Frau in ihrem Leben wirklich glücklich gemacht?

Jedes Mal, wenn der Geburtstag seiner Frau näher kam oder er an einem Blumenladen vorbeikam, rief der brennende Schmerz seine Erinnerungen und seine Reue wieder wach.

Bittere Erinnerungen, bitterer als jeder Kaffee.

»Ich habe zu viel geredet, es tut mir leid.«

In der Stille der Dämmerung ließ Herr Kobayashi seinen Gefühlen freien Lauf, dann stellte er die Tasse ab, als sei er plötzlich zur Besinnung gekommen.

Vielleicht endete auch die magische Wirkung dieses Geständnisses, als der Kaffee ausgetrunken war.

Er tupfte sich mit einem Taschentuch seine feuchten Augen und lachte verlegen. Diese Tränen spiegelten sich in meinen eigenen wider, und eine Träne rollte mir über die Wange.

Die Narbe an meinen Fingern pochte.

Der süße Nachgeschmack des Kaffee-Sodas verwandelte sich in bittere Reue.

»Nein, nein, es tut mir leid. Ich wollte keine so traurige Atmosphäre schaffen«, sagte Herr Kobayashi hastig, als er sah, wie mir die Tränen über das Gesicht liefen.

Die Inhaberin des Cafés lächelte mich an.

»Kobayashi-san, möchten Sie noch eine Tasse?«

»Ja, bitte. Ich nehme noch eine.«

Er griff nach der Karte, aber die Barista legte ihre Hand sanft auf die seine.

»Darf ich die Auswahl für Sie treffen?«

»Äh? Ja, natürlich.«

Sie stellte ein zylinderförmiges Glasgefäß vor uns ab.

»Das ist … ein Teesieb?«

So eines hatten wir auch zu Hause. Meine Mutter benutzt es manchmal. Ein zylinderförmiges Glas, in das man heißes Wasser und Teeblätter gibt und dann das Netz nach unten drückt, um den Tee zu filtern.

»Ja. In Japan wird es oft für Tee verwendet, aber es wurde eigentlich für Kaffee entwickelt. Man nennt es French Press, und durch die langsame Extraktion bekommt man einen anderen Geschmack.«

»French Press?«

»Ja. Es wird auch Plunger Pot oder Bodum genannt. Da kein Papierfilter verwendet wird, werden auch Öle extrahiert, was zu einem volleren Geschmack führt. Da zudem die typischen Bitterstoffe des Kaffees extrahiert werden, mögen manche es nicht, aber andere schätzen den komplexen Geschmack. Nun, ich denke, das dürfte Sie interessieren, Herr Kobayashi.«

»Das klingt gut, ich probiere gerne neue Geschmacksrichtungen aus«, sagte Herr Kobayashi bewusst fröhlich, um die düstere Stimmung zu vertreiben.

Die Inhaberin zeigte uns eine Portion Kaffeebohnen.

»Das ist eine Mischung für die French Press, die nach dem berühmten Werk von John Cage benannt ist.«

Ein bekannter Name ließ mich unwillkürlich reagieren – obwohl ich doch jeden Gedanken ans Klavierspielen verdrängen wollte.

»John Cage … der Avantgarde-Komponist?«

»Ja. Eines seiner berühmtesten Werke ist 4′33″. Diese Mischung ist perfekt in dieser Zeitspanne.«

John Cage

John Milton Cage Jr. war ein amerikanischer Avant-garde-Komponist, Dichter und Philosoph.

Eines seiner berühmten Werke, 4′33″, ist wirklich avantgardistisch, experimentell und philosophisch – in dieser Partitur wird kein einziger Ton gespielt.

Vier Minuten und dreiunddreißig Sekunden lang sitzt der Musiker nur da, und Husten, Stühlerücken und andere unvorhergesehene Geräusche der Zuschauer bilden das Werk 4′33″.

Das erinnerte mich an die Stille im Tacet Yuguredo. Herr Kobayashi roch an den Bohnen und sagte: »Das duftet wirklich gut.«

»Wenn ich Kaffee zubereite, denke ich immer an viele Dinge. Natürlich ist ›Auf dass es ein köstliches Gebräu werden möge‹ das Wichtigste, aber ich denke auch an gute und schlechte Dinge, die Zukunft und die unvergessliche Vergangenheit. Das hole ich dann alles aus meinem Gedächtnis hervor.«

»Ja, ich verstehe.« Herr Kobayashi nickte traurig.

»Jetzt wäre es an der Zeit, direkt zum Herzen zu sprechen … Kobayashi-san, möchten Sie ein wenig träumen?«

»Träumen?«

»Ja. Stellen Sie sich vor, Sie könnten die Zeit zurückdrehen.«

Nachdem die Bohnen gemahlen waren, füllte die Barista sie langsam in die French Press und sagte: »Jeder hat Zeiten, in die er zurückkehren möchte und etwas anderes tun oder sagen möchte. Wenn Sie in die Nacht des Geburtstags Ihrer Frau zurückkehren könnten, und sei es auch nur für vier Minuten und dreiunddreißig Sekunden, was würden Sie tun?«

»Noch einmal …?«

»Ja. Drehen Sie die Uhrzeiger ein wenig zurück, und schließen Sie die Augen. Träumen wir einen kurzen Traum …«

Die Inhaberin goss langsam heißes Wasser in die French Press. Der Duft des Kaffees entfaltete sich wie eine Blume.

Das Geräusch des Wassers wurde leiser, langsamer und tiefer, wie das langsame Abspielen einer alten Schallplatte.

Mein Bewusstsein begann zu verschwimmen … Dann hörte ich ein leises »Tick-Tock«.

Was könnte das sein, dachte ich in meinem trüben Bewusstsein, bis ich erkannte, dass es das Ticken der Uhr war.

Die Wanduhr war ja längst stehen geblieben, aber das Ticken hallte seltsam in mir nach.

Ein süßer Kaffeeduft.

Mein Bewusstsein verlor sich zwischen dem Kaffee-duft und dem Ticken der Uhr.

6

»Was ist los?«

Die seltsame Stimme einer Frau brachte mich zurück.

Als ich die Augen öffnete, dachte ich, ich sei verrückt geworden. Es war wie ein Traum.

Alles, was ich sah, hatte die Farbe verloren und war wie Kaffee gefärbt – ja, wie ein altes Foto in Sepia.

Und vor allem, obwohl ich im Tacet war, stand ich plötzlich vor dem Bahnhof von Sapporo.

Warum? Wie? In meiner Verwirrung versuchte ich, mich zu bewegen. Doch jemand hielt mich an der Schulter fest.

»Ah …«

Fast hätte ich aufgeschrien, es war die Inhaberin des Tacet. Sie legte einen Finger an die Lippen und deutete nach vorne.

Dort stand Herr Kobayashi in einem eleganten Anzug mit einer älteren Frau in einem hellen Kleid vor einem kleinen Blumenladen.

»Schatz?«

»Sayoko … du …«

Herr Kobayashi war ebenso verwirrt wie ich.

»Was hast du denn?«

Herr Kobayashi zuckte zusammen. »Ach nichts, ich dachte nur kurz, mich hätte der Schlag getroffen. Du weißt doch, wie in dem Sprichwort von der Taube, auf die mit einem Blasrohr eine Erbse geschossen wird.«

Frau Kobayashi lachte. »Hahaha. Weil wir vor dem Bahnhof stehen? Hat dich die Erbse erwischt, weil es hier tatsächlich so viele Tauben gibt?«

»Ach … äh … nein …« Herr Kobayashi fasste sich verwirrt an die Stirn. Es war, als verstünde er nicht, was vor sich ging – genau wie ich. Als ich die Inhaberin des Cafés ansah, lächelte sie und hielt mich sanft von hinten umarmt.

Obwohl ich dachte, es sei ein Traum, roch ich den Kaffeeduft.

»Schau mal, ist das nicht schön? Die Lilien im Liliengarten blühen bald.«

Obwohl sie verwundert war, ihren Mann auf einmal so benommen zu sehen, zog sie ihn an der Hand zum Blumenladen. Sie lächelte unschuldig und süß. Die zierliche Frau war bezaubernd.

Herr Kobayashi schien ebenso überwältigt. Er machte ein trauriges Gesicht, lächelte dann aber glücklich.

»Willst du welche?«

»Was denn?«

»Na, Blumen … Du hast doch heute Geburtstag. Komm, wir kaufen einen Strauß.«

»Was? Wirklich?«

Sayoko sah überrascht aus, aber Herr Kobayashi lächelte noch breiter.

»Ja, natürlich … Ja, deine Lieblingsblumen, so viele du willst. Unser ganzes Haus kann voller Blumen sein. Wenn es dich glücklich macht, kaufe ich so viele.«

Sayoko lachte leicht.

»Es müssen nicht viele sein … aber ich bin glücklich. Das ist das zweite Mal, dass du mir Blumen kaufst.«

»Das zweite Mal? Wirklich?«

»Hast du es vergessen? Bei unserer ersten Verabredung hast du mir einen Blumenstrauß gekauft, weißt du nicht mehr? Du warst ja so schüchtern!«

Sayoko lachte, als sie sich die Blumen aussuchte, und Herr Kobayashi zuckte mit den Schultern, als sei es ihm eben erst wieder eingefallen.

»Ja … ja, das stimmt. Aber dabei waren das Chrysanthemen für einen Hausaltar, kein Blumenstrauß, den man seiner Angebeteten mitbringt. Du hast dich zwar darüber gefreut, aber später habe ich gemerkt, dass ich so was nicht noch einmal machen sollte.«

»Ja, aber damals hab ich beschlossen, dass ich diesen groben, lieben Mann heiraten will.«

Sayoko hielt eine Blume. Ich konnte nicht sehen, welche es war, aber sie lächelte.

Herrn Kobayashis Augen strahlten ebenfalls vor Glück. »Ich auch, Sayoko.« Er nickte und nahm Sayokos Hand. Die weiße Blume schwankte.

»Mit dem Strauß in der Hand warst du so schön, und ich dachte, wenn du immer bei mir bleibst, werde ich für immer glücklich sein … «

In diesem Moment tropfte mir etwas auf die Wange.

Als ich aufsah, sah ich, dass es die Tränen der Cafébesitzerin waren.

Aber bevor sie etwas sagen konnte, verzerrte sich das Bild vor mir. Der Geruch von Kaffee erfüllte wieder die Luft.

Das leise Ticken der Uhr begann in mir zu arbeiten.

Oh nein, warte, ich mache mir immer noch Sorgen um Herrn Kobayashi.

»Von jetzt an werde ich dir so viele Blumen schenken, wie du möchtest, Sayoko. Also lächle immer … an meiner Seite«, hallte Herrn Kobayashis Stimme sanft nach.

Ich wirbelte durch die Zeit, und mein Bewusstsein schwand erneut.

7

Als ich aufschaute, war ich im Tacet. Ich musste am Tresen eingeschlafen sein.

»Was war denn das …?«, murmelte ich. Ich hörte ein trockenes Kratzen. Als ich mich hastig umblickte, sah ich, wie die Inhaberin des Cafés an den Zeigern einer alten Uhr drehte, die stehen geblieben war.

»Jeder hat in seinem Leben einen Moment, den er unbedingt noch einmal erleben möchte«, sagte sie leise, nachdem sie das Uhrglas wieder geschlossen hatte.

»Noch mal erleben?«

»Ja. Kobayashi-san hatte diesen einen Moment: den Moment, als er seiner Frau keine Blumen schenken konnte – ich habe ihm nur geholfen, diesen Moment noch einmal zu erleben.«

»Geholfen …?«

»Ja. Das hast du doch selber gesehen, oder?«

Ich wusste nicht, was ich sagen sollte. Ich hatte es tatsächlich gesehen. Gerade eben.

Dabei war ich hier! Hier im Café! Doch kaum hatte ich michs versehen, hatte ich vor dem Bahnhof von Sapporo gestanden und die beiden beobachtet, wie sie bei einem Blumenladen vorbeischauten. In einer kaffeebraunen Welt. In einer Welt voller sanfter Düfte und Klänge.

Und als ich wieder zu mir gekommen war, war Herr Kobayashi nicht mehr auf dem Platz neben mir.

Ich verstand gar nichts mehr.

Die Barista ging an mir vorbei zurück zum Tresen und goss Kaffee in eine neue Tasse. Ich starrte ihr gebannt auf die Hände, fasziniert von ihren eleganten Bewegungen.

»Auch bei Sugiura-san war das so«, sagte die Cafébesitzerin auf einmal.

»Was?«

In diesem Moment schlug mein Herz so heftig, als würde es gleich explodieren.

»Ja, auch bei Sugiura-san war das so. Ihre Tochter wurde in der Mittelschule schrecklich gemobbt.«

»Sugiura-sans Tochter?«

»Ja. Aber ... Sugiura-san selbst war zu stark. Und ihre Tochter war es nicht. Und so zwang sie ihre Tochter, trotz allem jeden Tag zur Schule zu gehen, weil sie glaubte, dass es nicht gut für sie wäre, zu schwänzen oder sich zu verstecken. Sie dachte, man müsse sich den Mobbern entschlossen entgegenstellen und es mit ihnen aufnehmen. Doch stattdessen ... nahm sich ihre Tochter das Leben.«

»Oh nein ... «

An dem mit Blumen geschmückten Altar hatten zwei Bilderrahmen gestanden. Ich wusste nicht, wessen Bilder das gewesen waren.

»Sugiura-san hat das ihr ganzes Leben lang bereut. Anstatt die Tochter zum Kämpfen zu zwingen, hätte sie mit ihr einfach weggehen sollen. Es hätte so viele Optionen gegeben. Diese Reue hat sie jeden Tag auf dem Schulweg der Kinder begleitet.«

Jeden Morgen stand sie am Schulweg, sprach mit den Kindern. Sie war auch mal streng und schimpfte, aber sie sorgte sich immer um die Kinder und behütete sie. Im Winter sorgte sie dafür, dass die Wege leicht begehbar waren, und achtete darauf, Unfälle zu vermeiden. Sie sprach aufmunternd mit Kindern, die sich nicht in die Schule trauten – mit Kindern wie mir –, und hörte ihnen aufmerksam zu.

Genauer drüber nachgedacht, war sie wirklich seltsam. Dass sie sich um jemanden wie mich, den sie nicht kannte, so kümmerte, war schon ungewöhnlich. Der Grund dafür waren also »Reue« und »Schuldgefühle«.

»Also wollte Sugiura-san es … immer wiedergutmachen.«

Jeden Morgen sprach sie mit den Kindern, als würde sie versuchen, den falschen Weg erneut zu gehen. Dennoch quälte sie die nicht rückgängig zu machende Zeit und das verlorene Leben.

»Ja. Und als sie dich traf, wurden ihre Gefühle wohl noch stärker.«

»Mich?«

»Ja. Sie hat in dir wohl ein Abbild ihrer Tochter gesehen.«

»Also, also ist Sugiura-san …?«

In diesem Moment klingelte die Ladenglocke, die Holztür öffnete sich mit einem Knarzen, und ein Gast kam herein.

»Willkommen, Kobayashi-san«, begrüßte ihn die Barista mit einem Lächeln.

Ich wischte mir die Tränen ab und blickte ebenfalls hinüber. Da stand Herr Kobayashi mit einem weißen Blumenstrauß im Arm.

»Hallo, guten Tag.«

»Oh, das sind aber schöne Blumen.«

»Sie sind schön und duften gut, oder? Heute ist der Geburtstag meiner verstorbenen Frau.«

Herr Kobayashi zeigte mir die Blumen, die groß und kugelig waren, in Weiß und zartem Rosa. Sie erinnerten mich ein wenig an Rosen, waren aber größer und flacher.

»Das sind Pfingstrosen. Jedes Jahr schmücke ich ihr Grab mit den Blumen. Sie hat sie ja so geliebt. Heute war es besonders schwer, diese weißen zu finden, ich musste lange suchen.«

Er bemerkte meinen Blick und nickte mir leicht zu. »Ja, ich bin müde, sehr müde«, sagte er und setzte sich auf den Platz am Tresen, einen Platz von mir entfernt.

Ach so – das war die Blume. Die, die seine Frau haben wollte. Der Strauß war wirklich prächtig und schön, und allein der Anblick trieb mir wieder die Tränen in die Augen.

»Pfingstrosen, ja.«

»Die Blüten im Yurigahara-Park in Otaru sind berühmt, aber selbst als Schnittblumen sind sie wirklich prächtig. Jede einzelne!«, sagte die Barista.

»Glückseligkeit!«, fügte Herr Kobayashi lachend hinzu. »In der Sprache der Blumen bedeutet die weiße Pfingstrose ›glückliche Ehe‹.«

Tatsächlich erinnerten die großen, weit geöffneten Blütenblätter, die wie mehrschichtige Rüschen aussahen, an ein Brautkleid. Sie dufteten gut und schienen die Menschen glücklich zu machen. Er legte den Blumenstrauß vorsichtig auf den leeren Platz zwischen uns und lächelte.

Es war kaum zu glauben, dass dieser liebevolle Ausdruck zu dem Herrn Kobayashi gehörte, der noch vor zehn Minuten traurig am selben Platz gesessen und bitteren Kaffee geschlürft hatte.

»Es sind wirklich ganz besondere Blumen … Ihre Frau freut sich bestimmt im Himmel darüber«, sagte die Cafébesitzerin mit einem Strahlen im Gesicht, und Herr Kobayashi nickte zustimmend.

»Ich hoffe doch … Aber wissen Sie, jedes Mal, wenn ich diese Blüten sehe, erinnere ich mich an ihren Geburtstag, an dem sie die Pfingstrosen in den Armen hielt und mich freudig anlächelte. Die Tage, die ich mit ihr verbracht habe, waren wirklich wunderschön.«

Herr Kobayashi bemerkte, dass mir das Wasser in die Augen stieg, und lächelte verlegen. »Haha, es ist wirklich keine so rührende Geschichte, dass du gleich so bewegt sein musst. Im Grunde ist es doch albern, die Liebesgeschichte eines alten Mannes zu hören.«

Aber konnte es denn eine schönere Geschichte geben? Herr Kobayashi, der seine Vergangenheit gehasst hatte, lächelte jetzt glücklich. Der traurige Teil seiner Vergangenheit, dass seine Frau an einer unheilbaren Krankheit gestorben war, war nicht zu ändern. Trotzdem war ich unendlich froh zu wissen, dass er sich von den jahrelangen Reuegefühlen befreit hatte.

»Wirklich … ich finde es gut.« Ich zog die Nase hoch.

»Gut?«

Herr Kobayashi sah mich ein wenig verwirrt an. Die Cafébesitzerin eilte herbei, um die Situation zu retten.

»Ja, das war wirklich eine wunderbare Geschichte.«

Konnte Herr Kobayashi sich nicht mehr an unser Gespräch von vorhin erinnern? Als ich die Ladenbesitzerin ansah, nickte sie mir leise zu, als ob sie meine Gedanken gelesen hätte.

»Kobayashi-san, wären Sie so freundlich, diesen Kaffee zu probieren, wenn Sie müde sind? Ich habe gerade eine Tasse frisch gebrüht. Der geht aufs Haus – als Dank für Ihre wundervolle Geschichte.«

Die Inhaberin des Cafés bot ihm einen Kaffee an. »Das freut mich sehr … ah, der duftet ja wunderbar.«

»Es ist ein French-Press-Kaffee. Heute ist er wirklich gut gelungen und hat ein angenehmes Aroma.«

8

Es war schon spät, ich musste heim – nicht, dass sich meine Mutter Sorgen machte. Während Herr Kobayashi und die Cafébesitzerin weiterplauderten, verließ ich den Laden. Ich war neugierig auf Frau Sugiura, aber das konnte ich auch später herausfinden. Außerdem war da noch etwas anderes, das ich recherchieren wollte.

Am nächsten Tag in der Schule erinnerte sich niemand, nicht einmal Yamane, an Frau Sugiura. Das Haus blieb ein Parkplatz, und Frau Sugiura existierte weiterhin in der Stadt einfach nicht.

»Hey, Misaki!«

»Was?«

Nach dem Unterricht, als ich hastig meine Schulbücher in meine Tasche stopfte, sprach mich ausgerechnet Chitose an, der mürrische Junge, der in meiner Klasse links hinten saß.

»Hier.«

Er reichte mir den Zettel, den der Lehrer zuvor verteilt hatte und der wohl aus meiner Tasche gefallen war.

»Ah, danke …«

»Hm.«

Er antwortete kurz angebunden und wollte sich wieder auf seinen Platz setzen, drehte sich dann aber noch einmal um.

»Du riechst nach Kaffee.«

»Was?«

Wie bitte?, dachte ich, aber er hatte offenbar keine Lust mehr, mit mir zu reden. Er drehte sich um und packte selbst seine Siebensachen zusammen.

»Ich hab doch extra gestern Abend und auch heute Morgen geduscht ...«

Blieb Kaffeegeruch wirklich so stark an einem Menschen haften? Ich schnüffelte an mir selbst, konnte aber nichts feststellen. *Hm, Kaffeegeruch ist nicht so unangenehm, oder?*, überlegte ich. *Vielleicht mag Chitose einfach keinen Kaffeeduft.* Na, eigentlich war es mir sowieso egal, und so verließ ich die Schule.

Ich ging nicht direkt nach Hause. Aber egal, wie intensiv ich auch suchte, das Haus von Frau Sugiura war nicht mehr da. Nachdem ich eine Weile vor dem Parkplatz gestanden hatte, nahm ich all meinen Mut zusammen und ging zum nächsten Haus. Es war das älteste Haus in der Nähe von Frau Sugiuras ehemaligem Zuhause. Im großen Garten gab es einen gut gepflegten Gemüsegarten, und vor der Haustür stand ein Einkaufstrolley, auf dem man auch sitzen konnte. Wahrscheinlich wohnten hier ältere Leute ...

»Na, dann mal auf in den Kampf.«

Ich riss mich zusammen und drückte die Klingel. Nach einer Weile öffnete eine ältere Dame mit gebeugtem Rücken, die noch älter als Frau Sugiura wirkte. Am Eingang, der nach Mückenschutzspiralen roch, fragte ich sie, ob sie Frau Sugiura kannte, die früher dort gewohnt hatte, wo heute der Parkplatz war.

»Wie bitte? Sugiura-san?«

»Ja, das ist sicher schon eine Weile her ...«

Die alte Dame zog überrascht die Augenbrauen hoch und sah mich misstrauisch an. »Sugiura-san ... ja, die kenne ich schon, aber ... Woher kennst denn du die?«

»Ah, ja, also ... Früher hat sie mir mal geholfen, und ich wollte nur wissen, wie es ihr so geht.«

»Geholfen ...? Dir?« Die alte Dame sah mich weiterhin misstrauisch an. Das war verständlich, schließlich schneite da gerade ein Kind mir nichts, dir nichts herein und fragte nach jemandem, der früher in der Nachbarschaft gewohnt hatte.

»Ähm ... nein, nicht mir direkt ... sondern meiner Großmutter. Meine verstorbene Oma hat mir erzählt, dass jemand, dem sie ganz viel verdankt, hier gewohnt hat, und da ich vor Kurzem in die Nähe gezogen bin, dachte ich, ich könnte mal Hallo sagen ...«

Obwohl ich hastig eine plausible Erklärung erfand, sah die alte Dame immer noch skeptisch aus.

»Entschuldigen Sie bitte die Störung.«

Kein Wunder, dass sie mir nicht glaubte. Ich hätte mir die Geschichte selbst nicht abgekauft. Ich beschloss, es woanders zu versuchen, und wandte mich zum Gehen. Doch die alte Dame rief mir hinterher: »Ihr geht es gut.«

»Was?«

»Sugiura-san ist immer noch sehr rüstig. Sie schickt mir jedes Jahr eine Karte zu Neujahr. Luftpost, weißt du.«

»Luftpost?«

»Ach, das weißt du nicht? Sugiura-san ist vor langer Zeit umgezogen – nach Thailand.«

»Nach Thailand?«

Ich konnte meine Überraschung nicht verbergen.

Aber … irgendwie konnte ich mir vorstellen, dass Frau Sugiura es gut in Südostasien hatte. Ihre Batikkleidung würde dort sicherlich gut passen.

»Aha … Das klingt wirklich nach ihr.«

Als ich nickte, schien die alte Dame etwas beruhigt zu sein, da sie merkte, dass ich Frau Sugiura wirklich kannte.

»Ja, genau. Ich war auch überrascht, als ich hörte, dass sie ins Ausland geht, aber es passt zu ihr. Es war wegen ihrer Tochter.«

»Wegen ihrer Tochter?«

»Ja. Ihre Tochter, Hinako, wurde in der Mittelschule böse gemobbt. Also entschied sie sich für einen gemeinsamen Neuanfang in einer ganz neuen Umgebung. Hinako ist mittlerweile auch dort verheiratet, und Sugiura-san ist Großmutter. Sie hat gleich drei Enkelkinder!«

»Aha … Gemeinsam also.«

»Ja, genau.«

Eines Tages werden Kinder flügge, aber solange sie klein sind, sollten Erwachsene sie an der Hand nehmen … das ist die Verantwortung der Eltern. Auch Mittelschüler sind noch Kinder. Frau Sugiuras Worte an jenem Abend klangen mir immer noch in den Ohren nach.

Ja, Frau Sugiura. Diesmal haben Sie die Hand nicht losgelassen.

Ich dankte der alten Dame und kehrte zunächst nach Hause zurück, bevor ich mich wieder auf mein Fahrrad schwang und zum Tacet fuhr.

Von der alten Dame hatte ich erfahren, dass Frau Sugiura ihren Ehemann durch eine Krankheit verloren hatte. Mit dem Geld aus der erhaltenen Lebensversicherung und dem Erlös aus dem Verkauf von Haus und Grundstück zog sie mit ihrer Tochter um. Hätte es in Thailand nicht geklappt, wäre sie in ein anderes Land gegangen. Und wenn auch das nicht funktioniert hätte, hätte sie es in einer anderen Region Japans versucht. Erwachsene neigen dazu, deinen »Neustart-Knopf« zu drücken, indem sie die Umgebung drastisch ändern und von vorne beginnen. Das mag einfacher sein, als sich am aktuellen Ort durchzubeißen. Aber probieren ging über studieren. Nur dadurch konnten sie herausfinden, wie es in einem ganz neuen Umfeld lief. Es hätte ja sogar schlimmer werden können als zuvor. Trotzdem hatte Frau Sugiura beschlossen, ihre Tochter nie wieder alleine kämpfen zu lassen.

»Ich verstehe …«

Die Inhaberin des Tacet meinte, dass Frau Sugiura vielleicht ihre Vergangenheit durch unsere Begegnung wiederholen wollte. Vielleicht hat sie in mir ihre Tochter gesehen, als ich ihr meine Angst vor dem Alleinsein anvertraute. Es war ein einsames, trauriges, aber auch freudiges und komplexes Gefühl. Wenn das Ergebnis jedoch war, dass sie ihre Tochter in der neuen Zukunft nicht verlor, dann hatte ich Frau Sugiura vielleicht etwas zurückgegeben. So wie sie mir den Weg zu einem neuen Ort gezeigt hatte, konnte ich vielleicht auch ein neuer Wegweiser für sie sein. Das war wirklich gut.

»Aber … dann kennt Sugiura-san mich ja gar nicht …«, murmelte ich beim Warten an einer roten Ampel vor mich hin. Ich fühlte mich auf einmal furchtbar einsam. Die liebe, zuverlässige und lustige Frau Sugiura. In der veränderten Zukunft hatten wir uns nie kennengelernt. Sie würde ihr Leben fortsetzen, ohne zu wissen, dass es mich gab. Trotzdem würde ich, und nur ich, dieses Erlebnis niemals vergessen.

Den blauen Himmel gegen Frühlingsende.

Den Duft des Flieders.

Die sanfte Fürsorge auf dem Schulweg.

Die Ampel schaltete auf Grün.

Ich hoffe, ich kann morgen den ganzen Tag lächeln.

Ich rang mir ein Lächeln ab, um ein Versprechen zu halten, das nur ich in dieser Welt kannte.

»Ach, so ist es mit Sugiura-san weitergegangen ... Das freut mich für sie«, sagte die Cafébesitzerin, als sie mir mein Kaffee-Soda zubereitete. Sie hieß Tase Hayari.

Und der Name des Geschäftspartners, der gerade zum Einkaufen gegangen war, war Higure. Und deshalb hieß das Café »Tacet Yuguredo«? Tacet nach Frau Tase und Yugure hatte eine ähnliche Bedeutung wie Higure, die Dämmerung. *War es so einfach?*, dachte ich, *aber es passt wirklich gut zum Café.*

»Wussten Sie auch nichts über Sugiura-sans weiteres Leben, Hayari?«

»Nein, ich kann nur die Vergangenheit sehen. Die veränderte Gegenwart kann ich erst verstehen, wenn es neue Berührungspunkte gibt«, sagte Hayari ernst.

»Also, wenn Kobayashi-san gestern nicht hergekommen wäre, hätten Sie nichts über die Blumen erfahren?«

»Ja, in der veränderten Zukunft gibt es viele Menschen, die ich dann nicht mehr treffen kann.«

Herr Kobayashi wohnte immer noch in der Nähe des Cafés, daher war er weiterhin Gast im Tacet, auch in der neuen Zukunft. Obwohl er in Altersteilzeit ist, hat er sich noch nicht vollständig aus der Firma zurückgezogen und ist unter der Woche beschäftigt. Aber an den Wochenenden schläft er gerne aus, geht mit seinem Hund spazieren und frühstückt dann im Tacet.

Aber dass Frau Sugiura, die in Thailand lebt, jemals wieder ins Tacet kam, war unwahrscheinlich. Sie verbrachte wohl ihr Leben mit ihrer Familie, ohne jemals wieder Hayaris Kaffee zu trinken. Das ist traurig, aber sicherlich auch glücklich. Es war besser, als alleine in einem großen, stillen Haus bitteren Kaffee vor einem buddhistischen Hausaltar zu trinken.

»Aber … Sugiura-san konnte also wirklich ihre Vergangenheit ändern …«, murmelte ich, als ich durch die sprudelnde, bernsteinfarbene Limonade auf die alte Uhr schaute.

»Ja. Sie hat sich entschieden, die Zukunft mit ihrer Tochter zu wählen. Stärke ist nicht das Einzige, was zählt. Wenn man irgendwohin kann, ist es oft besser, ohne Zwang einfach zu gehen. Sugiura-san hat diesmal ihre Tochter nicht losgelassen. Sie haben gemeinsam einen Neuanfang gewählt.«

Wir sagten beide »Wie schön« und verstummten dann. Es war gut, aber auch traurig. Es war traurig, Frau Sugiura zu verlieren und wieder zu völlig Fremden geworden zu sein. Ich wünschte ihr genauso sehr Glück, wie ich sie wiedersehen wollte. Wir teilten diesen melancholischen Moment, ohne zu sprechen, bis das Wasser in dem dumpfen, goldenen Kessel zu kochen begann.

»Kann man die bereute Zeit wirklich ändern?«, fragte ich Hayari, die sich nun selbst einen Kaffee zubereitete. Sie nickte.

»Ja. Eine einzige bittere Erinnerung, die immer wieder das Herz verbrennt, kann man einmal wiederholen. Aber nur für ein paar Minuten.«

»Nur für die Dauer dieses Stücks von John Cage.«

Warum es genau diese Zeitspanne war, wusste ich nicht, aber die Zeit, in der Herr Kobayashi in die Vergangenheit zurückkehrte, war auch in etwa so kurz. Aber so kurz es sein mochte, man konnte trotzdem etwas bewirken. Zumindest für mich … war das mehr als genug Zeit.

Deshalb nahm ich all meinen Mut zusammen: »Hayari. Ich möchte auch zurück – vor den Unfall.«

»Was?«

»Während meines Auslandsstudiums hatte ich einen Unfall, bei dem ich mir die Hand so schlimm verletzt habe, dass ich nicht mehr Klavier spielen kann. Es fühlt sich an, als ob alles, was mir wichtig war, sich in Luft aufgelöst hat. Deshalb möchte ich kurz vor diesen Unfall zurückkehren!«

Ich erzählte ihr von meiner Zeit in England und dem Unfall. Wenn ich zurückkehren könnte, würde ich es tun. Wenn ich es ändern könnte, würde ich es tun. Ich wollte das Auslandsstudium nicht. Ich wollte auch das Klavierspielen nicht mehr, ich wollte nur fliehen. Ich wollte nicht mehr beschimpft, getadelt oder abgelehnt werden. Aber am meisten hasste ich, dass ich jetzt meine Finger nicht mehr so bewegen konnte wie früher und das Klavierspielen hatte aufgeben müssen.

»Ich möchte zurückkehren, um sicherzustellen, dass ich diesen Unfall nicht habe. Ich will wieder fleißig üben. Ich werde mich bemühen, die Erwartungen meiner Lehrer und meiner Mutter nicht zu enttäuschen. Deshalb lassen Sie mich bitte in die Zeit vor dem Unfall zurückkehren!«

Ich umklammerte fest die Narben an meinen Fingern, als ich Hayari anflehte. Aber …

»Das geht nicht.«

Sie schüttelte langsam und traurig den Kopf.

»Warum nicht? Warum …«

»Es ist unmöglich.«

»Weil ich noch ein Kind bin? Aber ich werde diesen Unfall mein Leben lang bereuen!«

Auch im weiteren Leben würde ich mit Sicherheit immer wieder mal was bereuen. Aber nichts konnte jemals wieder so schlimm sein wie dieser Unfall!

»Bitte! Ich bitte Sie! Ich mach alles! Lassen Sie mich das wiedergutmachen!«

Ich verbeugte mich verzweifelt. Ja … ich werde alles tun, was ich kann.

»Es geht nicht, meine liebe Himari. Du kannst es nicht … und wir auch nicht.«

»Was …?«

»Du erinnerst dich an Sugiura-san, auch nachdem sich die Vergangenheit geändert hat. Du erinnerst dich ebenfalls an Kobayashi-san. Die Tatsache, dass du dich an eine Zukunft erinnerst, die es nicht mehr gibt, bedeutet, dass du wie ich ein besonderer Punkt im Fluss der Zeit bist. Wir ›Zeitwächter‹ können zwar in die Vergangenheit ›reisen‹, aber wir können unsere eigene Zeit nicht ändern.«

»Ah …« Ein besonderer Punkt. Hayari sagte das ganz traurig. Ich verstand die Bedeutung ihrer Worte nicht ganz, aber ich begriff, dass Hayari und ich irgendwie außergewöhnlich waren. Tatsächlich war ich mit Hayari in die Vergangenheit gereist, und obwohl Yamane und die anderen Frau Sugiura völlig vergessen hatten, erinnerte ich mich an sie klar und deutlich. Vielleicht hatte das auch etwas damit zu tun, dass Hayari eine Hexe genannt wurde.

»Also bedeutet das, dass es für mich absolut unmöglich ist?«

Hayari nickte. »Es tut mir leid.«

Was für eine grausame und gemeine Realität. Mussten mir die Götter immer die schlimmste aller Optionen präsentieren?

»Warum … warum nur …?«

Ich konnte meine Tränen nicht zurückhalten, und Hayari nahm mich hastig in den Arm. Kaffee war bitter. Vielleicht konnte ich eines Tages den Kaffee genießen. Wenn dieser Tag käme, könnte ich vielleicht auch den Unfall akzeptieren. Aber noch war es zu früh. Die Gegenwart war zu bitter für mich, und ich konnte diese sanfte und gemeine Magie nicht schlucken.

ARIE –
DIE ZWEITE TASSE:

Ein
schönes
Solo

1

Das Tacet Yuguredo war mit dem Fahrrad etwa dreißig Minuten von meinem Haus entfernt. Ich begann, regelmäßig zwei- bis dreimal pro Woche, am Wochenende oder an Tagen, an denen der Unterricht früher endete, dort vorbeizuschauen. Meiner Mutter erzählte ich, dass ich mit Freunden lernte, um den Rückstand während meiner Abwesenheit aufzuholen. Nun, das, was ich lernte, war etwas anderes als der Schulstoff.

Das Tacet ist ein Café unter der Leitung der Barista Hayari, die sich auf das Zubereiten von Kaffee spezialisiert hat, und des Herrn Higure, der sich dem Rösten von Kaffeebohnen widmet. Beide haben die gleiche Fähigkeit – die Macht, in die Vergangenheit zu reisen. Anscheinend habe ich diese Fähigkeit auch. Für ein paar Minuten kann ich Menschen mit großen Reuegefühlen in die Vergangenheit schicken.

Noch kann ich nur gegen den Fluss der Zeit ankämpfen, aber Hayari hat gesagt, dass ich eines Tages wie sie diese Fähigkeit des Reisens entwickeln werde. Ich muss nach und nach von beiden lernen, was ich sonst niemanden fragen kann, aber was sehr wichtig ist. Damit ich, wenn die Zeit kommt, nicht aufgeschmissen bin.

»Wie viele von uns gibt es? Von diesen Zeitwächtern?«

»Nicht viele. Auf der Hauptinsel Hokkaido gibt es

nur uns und dich, Himari, und vielleicht noch ein paar andere, die du irgendwann treffen wirst. Wächter der Zeit resonieren miteinander wie Wellen auf der Wasseroberfläche.«

Die Fähigkeit, in die Zeit zu reisen, erwacht, wenn man mit der von einem anderen Wächter veränderten Zeit in Berührung kommt.

»Also bin ich wie Sugiura-san ...«

»Und weißt du, es ist besser, wenn man zu zweit durch die Zeit reist. Wenn möglich, noch mehr Menschen. Man sagt, dass der Fluss der Zeit stabiler wird.«

Ich nahm einen Schluck von dem großzügigen Karamell-Latte, den Hayari mir freundlicherweise jedes Mal in meiner roten Blechtasse spendierte, und nickte zustimmend.

»Stabiler ... was passiert, wenn das nicht stabil ist?«

»Manchmal kann man sich verirren.«

»Verirren?«

»Ja. Manchmal verliert man den Weg zurück und weiß nicht, wohin man gehört. Je mehr Leute den Rückweg kennen, desto weniger läuft man Gefahr, sich zu verirren.«

Es ging also nicht darum, dass man länger in der Vergangenheit bleiben konnte, sondern um einen praktischen Grund.

»Aber was passiert, wenn man sich verirrt?«

Auf meine Frage hin sah Hayari irritiert zu Herrn Higure, der neben ihr stand. Mit seinem hellbraunen Haar, das an Latte macchiato erinnerte, seinem sportlichen, schlanken Körperbau und seiner ruhigen Art war Herr Higure jemand, vor dem ich ein wenig Respekt hatte. Er schien in etwa so alt zu sein wie Hayari, sprach aber immer in einer formellen, respektvollen Weise mit ihr und mir, was irgendwie die Distanz verstärkte.

Herr Higure runzelte leicht die Stirn, als er unsere Blicke spürte. Es schien, als wolle er nicht darüber sprechen. Trotzdem seufzte er und sah mich an.

»Letzten Endes kehrt man nach ein paar Minuten doch zurück … aber bis man diesen Punkt findet, irrt man durch die vergangene Zeit, die man zwar vermisst, aber nicht berühren kann.«

»Durch die vergangene Zeit …?«

»Auch wir haben Zeiten, zu denen wir zurückkehren oder die wir ändern möchten.«

»Was …?«

»Aber wir können diese Zeiten nicht ändern. Man verirrt sich in einem Labyrinth der Erinnerungen, in dem man die Zeiten des schmerzhaften Bedauerns immer und immer wieder durchlebt – das ist das Verirren.«

»Das klingt schrecklich und beängstigend.«

Als ich unwillkürlich zu zittern begann, nickte Herr Higure.

»Hayari hat sich noch nie verirrt …«

Als er Hayari ansah, zuckte sie nur mit den Schultern.

»Für mich zählt immer das ›Jetzt‹«, sagte sie mit einem strahlenden Lächeln. Deshalb hatte sie es wohl Herrn Higure überlassen zu antworten.

»Also haben Sie sich schon einmal verirrt, Herr Higure?«

»Er hat von Natur aus keinen guten Orientierungssinn«, neckte Hayari, und Herr Higure nickte mit einem gequälten Lächeln.

»Sind Sie beide ein Paar?«, fragte ich beiläufig in die vertraute Atmosphäre hinein, und Hayari verzog das Gesicht.

»Oh, nie im Leben. Ich bevorzuge eher einen netten älteren Herrn als so ein Küken«, sagte sie.

»So jemanden wie Kobayashi-san neulich?«

»Ja, aber Kobayashi-san ist ganz in seine Frau vernarrt.«

Das stimmte. Nur war Herr Higure ein bisschen zu groß, um ihn als ›Küken‹ zu bezeichnen.

Auch Herr Higure schien nicht ganz zufrieden zu sein.

»Aber … das stelle ich mir sehr gruselig vor …« Ich umklammerte die Tasse mit beiden Händen und murmelte vor mich hin. Was, wenn ich niemals den Weg zurückfand? Der Gedanke machte mir noch mehr Angst, ich stellte die Tasse beiseite und schlang mir die Arme um den Leib.

Plötzlich drückte sich etwas Warmes gegen meine Knie.

»Huch!«

Es war die Schnauze eines großen Hundes.

»Mokka, du darfst das nicht machen, wenn Himari das nicht möchte«, sagte Herr Higure hastig, aber der große Hund schaute mich treuherzig an. Es war Mokka, der Golden Retriever, das Maskottchen des Cafés. Als ich ihm vorsichtig über den großen Kopf streichelte, schloss Mokka die Augen vor Freude.

»Ich … ich habe nichts dagegen … Ich habe nur noch nie ein so großes Tier berührt.« Früher, als meine Schwester und ich klein waren, waren wir einmal zur Pferderennbahn in Obihiro gegangen. Dort gab es einen Streichelzoo. Die Rennpferde in Obihiro waren so groß wie Elefanten. Meine Schwester hatte einmal einem Pferd die Blesse streicheln wollen und wurde dabei in den Finger gebissen. Für das Pferd war es vielleicht nur ein spielerisches Knabbern, aber es tat weh, und meine Schwester hielt ihren rot angelaufenen Finger und weinte. Als meine Mutter das sah, verbot sie mir, Tiere anzufassen. »Pianistenfinger!«, sagte sie. Aber jetzt, wo meine Finger eben keine Pianistenfinger mehr waren, konnte ich doch jedes Tier streicheln, oder? Zum Beispiel diesen großen Hund mit dem sanften Blick.

»Mokka ist ein ausgebildeter Therapiehund. Er regt sich nicht auf und beißt auch nicht, also keine Sorge«, sagte Herr Higure sanft.

»Wo mag er denn am liebsten gestreichelt werden?«

»Mokka freut sich über jede Berührung«, antwortete Hayari lachend auf meine Frage.

»Er mag es besonders, wenn man ihn am Rücken und hinter den Ohren krault. Aber am allerliebsten hat er es, wenn man ihm Aufmerksamkeit schenkt«, fügte Herr Higure hinzu, also streichelte ich beruhigt Mokkas Ohren. Sie hingen schlaff herab und waren sehr warm.

In diesem Moment klingelte die Ladenglocke, und zwei Frauen um die dreißig betraten das Café. Die Erste, die hereinkam, war so schön, dass ich überrascht war. Sie war ein wenig auffällig geschminkt und gekleidet, aber sie roch sehr gut.

Dahinter kam eine ruhig wirkende Frau in einem hellblauen Kleid und mit Bob-Frisur herein. Mokka, der gut erzogene Hund, setzte sich sofort neben meine Füße, als die Gäste den Laden betraten.

»Willkommen. Suchen Sie sich gerne einen Platz aus«, begrüßte sie Hayari.

»Echt jetzt? Ein Maskottchenhund? Heutzutage noch? Ganz schön eklig! Wie sieht es da mit den Hygienegesetzen aus?«, rief die auffällige Frau laut.

»Ach komm, der sieht doch brav und sauber aus, das passt schon«, antwortete die Frau mit dem Bob-Haarschnitt lächelnd, als sie sich an den Platz am Fenster setzte, der am weitesten vom Tresen entfernt war. Anscheinend war sie schon ein paarmal im Tacet gewesen.

»Ich hasse Tiere, die Haare verlieren, das ist so dreckig«, schimpfte die Frau mit dem guten Duft, als sie sich am Fensterplatz niederließ. Ihre Stimme war so laut, dass wir sie deutlich hören konnten.

»Aber Yukie, Reptilien oder Fische magst du doch auch nicht, oder?«

»Reptilien und Insekten sind abstoßend, und Fische stinken nur und sind schmutzig«, sagte Yukie mit einem angewiderten Gesicht.

»Wie sieht es mit Vögeln aus?«

»Die haben Federn oder was auch immer, das ist genauso eklig.«

»Im Grunde magst du überhaupt keine Tiere, oder?«

»Anders als du, Mina. Du bist doch ganz verrückt nach Tieren, oder? Früher hast du immer geweint, wenn dir wieder ein Hamster gestorben ist.«

Die Frau im hellblauen Kleid, die Mina genannt wurde, lächelte verlegen.

»Hamster leben nun mal nicht lang, ich habe sie nicht umgebracht … Aber was möchtest du bestellen?«

»Bist du sicher, dass das hier okay ist? Gibt's was ohne Tierhaare?«

»Es ist in Ordnung.«

Sie reichte Yukie die Speisekarte, während sie dabei unauffällig zu uns herüberschaute.

»Was nimmst du, Mina?«

»Ich bestelle hier immer einen Flat White.«

»Na … dann nehme ich auch einen Flat White.«

Flat White … was ist denn das? Ich schaute neugierig in die Karte.

»Im Gegensatz zu anderen Milchkaffeegetränken wie Cappuccino oder Latte macchiato hat ein Flat White weniger Schaum und eine samtigere, cremigere Textur. Die Milch wird so aufgeschäumt, dass sie eine Mikroschaumkonsistenz hat, die sich gut mit dem Espresso mischt, um ein glattes und reichhaltiges Getränk zu erzeugen.«

Hm. Ich verstand kein Wort.

Hayari stellte ihnen ein Glas Wasser hin und nahm die Bestellung auf. Ich schaute vorsichtig zu Herrn Higure hinüber.

»Ein Flat White wird mit weniger Milch und ohne viel Schaum, sondern mit gedämpfter Milch gemacht. Die Basis ist ein doppelter Espresso. Ein Latte hat viel Milch und Schaum, ein Cappuccino hat weniger Milch und viel Schaum, und ein Flat White liegt irgendwo dazwischen«, erklärte mir Herr Higure heimlich, als er meinen neugierigen Blick bemerkte.

»Also ändern sich die Namen je nach Menge und Aufschäumung der Milch?«

»Ja. Wenn du einen weichen Geschmack durch die Milch möchtest, dann nimm einen Latte. Wenn du einen kräftigeren Espresso-Geschmack willst, nimm einen Flat White. Wenn du Kaffee und weichen

Milchschaum genießen möchtest, dann einen Cappuccino.«

Er bot mir an, einen Karamell-Latte im Stil eines Flat White zu machen, aber ich lehnte ab, da der bittere Geschmack des Kaffees immer noch nichts für mich war. Für die Erwachsenen war das sicherlich passender. Während sie auf den Kaffee warteten, schnappte sich Yukie sofort ihr Smartphone, und das Gespräch der beiden verstummte.

»Es ist schon eine Weile her, dass wir uns so getroffen haben. Ein Jahr, oder?«, versuchte Mina das Gespräch wieder aufzunehmen.

»Ich habe nicht jeden Tag so viel Freizeit wie du, Mina«, antwortete Yukie, ohne aufzuschauen.

»So viel Freizeit habe ich doch gar nicht …?«

»Hm …«

Anscheinend waren sie Kindheitsfreundinnen oder ehemalige Klassenkameradinnen. Aber obwohl sie sich endlich getroffen hatten, schien Yukie mehr an ihrem Smartphone interessiert zu sein, und reagierte nur beiläufig oder gar nicht auf Mina. Mina warf einen kurzen Blick zu uns herüber. Ich schaute schnell weg, da ich mich dabei ertappt fühlte, wie ich sie beobachtete. Aber als ich heimlich wieder hinlinste, sah es so aus, als würde Mina eher Mokka ansehen als uns.

Vielleicht dachte sie, dass sie Mokka streicheln könnte, wenn Yukie nicht dabei wäre …

Mina tat mir irgendwie leid, als ich an meinem Karamell-Latte nippte. Plötzlich rief Yukie laut auf: »Was?!«

»Was ist los?«

»Schau dir das an!« Yukie hielt ihr Smartphone aufgeregt in die Luft, damit Mina es sehen konnte. War etwas Schlimmes passiert? Doch dann hörte ich, wie sie den Namen eines beliebten Schauspielers wiederholte.

Es stellte sich heraus, dass es um die heutige Nachricht ging, dass ein beliebter Schauspieler und ein Fotomodell geheiratet hatten. Der Schauspieler war von der Rolle eines Superhelden in einer Serie, in der es in erster Linie um Spezialeffekte ging, zum gefeierten Darsteller aufgestiegen, und seine Heirat war heute auch in der Schule ein großes Thema gewesen.

»Das ist so enttäuschend! Was für 'ne Vogelscheuche! Was will er denn mit der? Die ist doch hässlich wie die Nacht!«, rief Yukie entnervt.

»So? Ich finde, sie sind ein schönes Paar«, sagte Mina.

»Was? Die soll hübsch sein? Was ist an der denn hübsch?«, ereiferte sich Yukie, was Mokka dazu brachte, die beiden besorgt anzusehen. Vielleicht dachte er, sie stritten sich. Ich war innerlich entsetzt über die grobe Wortwahl: »Vogelscheuche«, »hässlich wie die Nacht«. Es klang wirklich hundsgemein.

»Warum ist so ein toller Mann mit so einer grässlichen Tussi zusammen? Die ist doch komplett operiert, oder? Und die OPs haben nicht mal was geholfen. Sie ist immer noch eine unansehnliche Schabracke. Bei der hilft ja wirklich gar nichts mehr«, wiederholte Yukie immer wieder. Es war schwer zu glauben, dass solche unschönen Worte aus dem Mund einer schönen Frau kamen.

Ich schaute zu Hayari und Herrn Higure. Hayari brühte Kaffee auf, und Herr Higure ordnete sorgfältig die Kaffeebohnen für den Verkauf. Sie mussten Yukies Worte gehört haben! Doch sie taten so, als wäre das nicht der Fall.

»Ich wünschte wirklich, dass solche tollen Männer nicht mit hässlichen Frauen ausgehen. Sie sollten ihr Licht nicht derart unter den Scheffel stellen«, sagte Yukie. Im Tacet, wo es keine Hintergrundmusik gab und selbst die Uhr still stand, gab es keine Möglichkeit, dieser Schmähtirade zu entkommen. Schließlich servierte Hayari den beiden ihren Kaffee. Der Kaffee im Tacet wurde in großen Tassen serviert, damit die Gäste die ruhige Zeit genießen konnten. In diesem Moment verfluchte ich es innerlich jedoch, dass die Tassen so groß waren.

Mokka drückte mir sanft die Schnauze gegen den Oberschenkel, ganz, als wolle er mich trösten. Diese warme Schwere gab mir ein Gefühl der Sicherheit. Der kluge Mokka schien die menschlichen Worte zu verstehen. Ich wollte nicht, dass so ein sanftes Wesen solche hässlichen Worte hören musste. Innerlich flehte ich: »Geh weg, geh weg.« Doch es war Mina, die aufstand.

»Was? Nur weil dein Mann früher von der Arbeit kommt, muss ich jetzt auch gehen?«

»Du musst nicht gehen, aber es ist anstrengend, jetzt noch Abendessen zu kochen. Warum treffen wir uns nicht alle am Bahnhof und essen zusammen? Yukie, komm mit!«

»Nein, dein Mann ist noch eine größere Trantüte als du. Total langweilig und uninteressant.«

»Stimmt, wir haben nicht viel gemeinsam.«

»Ich hasse sinnlosen Small Talk.«

Mina schien zu zögern, Yukie allein zu lassen, und versuchte verzweifelt, sie zu überreden, bis sie ihren Kaffee ausgetrunken hatte. Doch Yukie blieb stur.

Schließlich bezahlte Mina nur ihren eigenen Kaffee, entschuldigte sich bei Hayari und Herrn Higure und verließ das Café widerwillig.

Wenn es nur umgekehrt wäre ...

Ich war sehr enttäuscht und beschloss, meinen Karamell-Latte schnell auszutrinken und nach Hause zu gehen.

2

Ich möchte noch etwas bestellen«, rief Yukie, die die Speisekarte studierte, ohne ihre Freundin zu verabschieden.

»Äh, ja«, antwortete Hayari hastig, da Herr Higure sich schnell in den Röstraum zurückgezogen hatte.

»Was empfehlen Sie? Diesen … Gesha-Kaffee haben Sie nicht? Der war doch vor einiger Zeit so beliebt?«

»Wenn Sie Gesha möchten, haben wir hier den Guatemala Buena Vista. Er hat florale und fruchtige Noten, die an Jasmin, Beeren und tropische Früchte erinnern. Er ist sehr elegant.«

»Was …! So teuer! Was soll das denn? 1800 Yen für eine Tasse? Das ist ja wie in der Lobby eines Nobelhotels!«

»Es handelt sich um einen Speciality Coffee, und in einem Hotel würde eine Tasse wohl über 3000 Yen kosten …«

»Das ist ein Witz. Ich zahle doch nicht solche Unsummen nur für einen Kaffee. Also, was nehm ich denn dann …«

Yukie studierte erneut die Getränkekarte, ließ Hayari neben sich einfach stehen. Die versuchte, freundlich zu bleiben, obwohl ihr Lächeln etwas gezwungen wirkte. Es war beruhigend zu sehen, dass auch Hayari Yukie nicht besonders sympathisch fand.

»Wissen Sie, hässliche Frauen haben es leicht, weil

ihre Ansprüche so niedrig sind. Selbst mit langweiligen Männern können sie glücklich werden. Ich würde ja lieber verhungern, als mit so einem Mann in einem billigen Izakaya zu essen.«

»Wie bitte?«

»Es liegt an ihrem mangelnden Einsatz. Man sagt oft, dass schöne Frauen Vorteile haben, aber in Wirklichkeit müssen sie viel mehr Anstrengungen unternehmen. Das verstehen Sie doch, weil Sie auch hübsch sind, oder?« Yukie suchte nach Zustimmung bei Hayari.

Einen Moment verstand ich nicht, was sie meinte, aber dann wurde mir klar, dass sie über Mina sprach. Wie konnte sie so schlecht über ihre eigene Freundin sprechen?

»Ach ja?« Hayari schien nun ebenfalls zu verstehen und antwortete mit einem gequälten Lächeln.

»Man sieht einer Person an, ob sie sich anstrengt. Ich war früher hässlich, aber durch harte Arbeit bin ich jetzt schön. Deshalb ertrage ich es einfach nicht, wenn derlei Faulpelze so tun, als gehöre ihnen die Welt.«

Mit einem übertriebenen Seufzen und einem genervten Gesichtsausdruck entschied sie sich schließlich für Eistee statt Kaffee.

»Ach, die Welt ist wirklich ein schlimmer Ort, nicht wahr?«

Yukie pfefferte die Speisekarte auf den Tisch, dass sie laut aufschlug, und griff erneut nach ihrem Smartphone. Dabei stand doch vorn auf der Karte extra, dass man nicht laut sein sollte. *Das Problem ist nicht die Welt, sondern du selbst,* dachte ich unwillkürlich und sah Yukie an. Als sie meinen Blick erwiderte und mich scharf anstarrte, platzte mir der Kragen.

»Ob jemand sich anstrengt oder nicht, kann man jemandem nicht immer ansehen. Und nur weil man sich anstrengt, führt das nicht automatisch zum Erfolg«, sagte ich.

Yukie verzog verärgert ihr schönes Gesicht. »Was soll das, du Gör? Was verstehst du schon davon?«

»Und warum verstehen Sie das nicht, obwohl Sie ja ach so erwachsen sind?« Das war das erste Mal, dass ich einem Erwachsenen entschieden widersprach. Auch ich hatte mich angestrengt. Jeden Tag dachte ich nur an das Klavierspielen, sogar im Traum spielte ich noch Klavier. Doch was hatte es gebracht? Nichts. Meine Mutter sagte immer, ich würde mich nicht genug anstrengen. Aber was hätte ich mehr tun können?

»Nur weil es nicht so läuft, wie Sie es sich vorstellen, heißt das nicht, dass Sie die Anstrengungen anderer Leute herabwürdigen dürfen!«

Vielleicht war Yukie nicht wirklich diejenige, auf die sich mein plötzlicher Ausbruch richtete.

»Es gibt Menschen, die noch schöner sind als Sie. In ihren Augen könnte es so aussehen, als würden Sie sich auch nicht genug anstrengen. Jeder hat seine eigenen Stärken und Ziele.«

Yukie schien für einen Moment sprachlos, starrte mich an und drehte dann beleidigt ihr Gesicht weg. »Ein hässliches Kind, das nicht mal weiß, wie man seine Augenbrauen zupft, sollte nicht so unverschämte Sachen von sich geben«, sagte sie plötzlich leise und gehässig.

Es war keine wirkliche Antwort auf das, was ich gesagt hatte. Ich wollte etwas erwidern, aber Hayari kam gerade mit dem Eistee zurück und legte mir beruhigend die Hand auf die Schulter. »Ah …« Sie schüttelte den Kopf, als wollte sie mir mitteilen, dass ich nichts sagen sollte. Ich wusste, dass es unhöflich war, so mit einem Gast zu sprechen, aber es mir einfach so gefallen lassen, wollte ich auch nicht. Ich biss mir fest auf die Lippen.

»O Mann. 'ne Rotzgöre und ein Köter … Dieser Schuppen ist einfach das letzte Loch«, murmelte Yukie erneut abfällig.

Worte sollten höflich sein, Menschen nicht verletzen, und Freunde sollte man schätzen – hatte Yukie das als Kind nicht gelernt? Sie war perfekt geschminkt und gepflegt bis in die Fingerspitzen, aber ihre Worte waren dermaßen hässlich.

»Warum sagen Sie so was?« Hayari fragte Yukie mit einem traurigen Gesichtsausdruck, als ob sie meine Gefühle verstand oder vielleicht selbst ähnlich empfand.

»Was?«

»Es steht Ihnen frei, welche Worte Sie wählen. Aber … in Ihrer Stimme höre ich Wut und Schmerz«, sagte Hayari.

Yukies Gesicht verzog sich und wurde schnell düster. »Ich habe doch eben gesagt, dass ich früher hässlich war«, flüsterte sie, den Blick gesenkt. »Aber ich habe mich angestrengt, schön zu werden. Es tat weh, von vielen als hässlich bezeichnet zu werden.«

»Aber das bedeutet, dass Sie verletzt wurden, weil man gemeine Dinge zu Ihnen gesagt hat, oder? Warum tun Sie anderen dann dasselbe an?«

Yukie antwortete nicht auf die Frage, sondern starrte mich an.

»Deshalb hasse ich Kinder. Sie reden immer nur von schönen Idealen. Wenn Erwachsene verletzt werden, wollen sie, dass andere noch mehr leiden. Es gibt Schmerzen, die man nur auf diese Weise lindern kann.«

»Weil Sie verletzt sind, sollen andere auch verletzt sein?«

»Was ist daran falsch? Es tut gut. Es ist befriedigend, zu sehen, wie es ihnen ergeht. Und … ich bereue es, dass ich früher nicht sagen konnte, was wichtig war, dass ich meine Gefühle nicht ausdrücken konnte. Deshalb sage ich jetzt alles, was ich denke.«

»Nicht ausdrücken konnte?«

Als ich ihre Worte wiederholte, verzog sich Yukies Gesicht vor Schmerz.

»Ja … deswegen halte ich meine Worte nicht mehr zurück, egal, wen ich verletze. Ich werde mir nie wieder die Chance nehmen lassen …«

Ein paar Tränen liefen aus Yukies Augen mit den langen Wimpern. Ich konnte ihren Wunsch verstehen, nicht mehr bereuen zu müssen.

»Aber es ist trotzdem nicht richtig, schlecht über Ihre Freundinnen zu reden.«

»Was weißt du schon? Wenn jemand verletzt wird, ist er selber dran schuld. Du bringst mich dazu, so etwas zu sagen. Aber versteh mich nicht falsch. Ich bin diejenige, die verletzt worden ist.«

»Es liegt daran, dass Sie stark wirken«, mischte sich Hayari ein.

»Was?«

»Sie wirken wie eine starke Frau, und deshalb versteht sie das nicht. Sie versteht nicht, welche Anstrengungen, welchen Schmerz Sie durchgemacht haben. Möchten Sie es erzählen?«

Auf Hayaris Bitte zog Yukie die Stirn in tiefe Falten.

»Ich bin wirklich nicht stark …«

Mit einem tiefen Seufzer begann Yukie, uns ihr »Leid« zu klagen. Sie sagte, dass sie schon als Kind hübsch gewesen sei.

Das könnte stimmen, dachte ich. Mit ihren großen Augen, den langen Wimpern, der schlanken Nase und den perfekt proportionierten Lippen war Yukies Gesicht makellos. In ihrer Heimatstadt sei sie wie eine Puppe bewundert und geliebt worden. Und so habe sie sich mit achtzehn Jahren gegen alle Einwände ihrer Eltern durchgesetzt und sei nach Tokio gezogen, um Model zu werden.

Doch in Tokio fand sie nicht die glamourösen Jobs, die sie sich erhofft hatte. Während sie auf dem Land bewundert wurde, blieb sie in Tokio nur eine unter vielen. Nach drei Jahren gab sie auf und kehrte nach Hokkaido zurück. Ihr Stolz hinderte sie daran, in ihr Elternhaus zurückzukehren, daher zog sie nach Sapporo. Auch dort verlief ihr Leben allerdings nicht wie geplant.

»Trotzdem kam ich in Sapporo irgendwie über die Runden. Es war nicht so, wie ich es mir vorgestellt hatte, aber ich hatte ein einigermaßen angenehmes Leben«, erzählte sie. Sie lebte in dem Glauben und der Hoffnung, dass sie eines Tages noch in die glitzernde Bling-Bling-Welt des Showbiz eintreten würde. Doch allmählich überwältigte die Angst ihre Träume und Hoffnungen. In dieser Zeit traf Yukie eines Abends nach der Arbeit in einer Bar auf »ihn«.

Der Barkeeper – »er« – war ein charismatischer Mensch. »Ich glaube, er mochte mich. Er war in einer Band und hatte viele Fans, aber er sah mir oft in die Augen und sprach nur mit mir … deshalb hatten es seine Fans dann irgendwann auf mich abgesehen«, sagte sie.

Er arbeitete als Barkeeper und verfolgte gleichzeitig den Traum, eines Tages in Tokio als Profimusiker durchzustarten. Yukie sah in ihm jemanden, der ihre eigenen Träume und Hoffnungen widerspiegelte, und vermutlich sah auch er sie so. Doch wegen seiner überall präsenten Fans konnten sie ihre Beziehung nicht offen zeigen.

»Eines Tages hielten mir seine Fans eine ›Standpauke‹. Sie sagten: ›Misch dich nicht ein, du hässliche Kuh.‹ Es war nur schreckliche Eifersucht, aber ich war zu der Zeit schwach und ließ mich von ihnen überwältigen«, sagte Yukie bitter. Von da an war sie bei allen »die hässliche Kuh«. Es war wie das Mobbing in der Schule. Letztendlich konnte sie dem Druck nicht standhalten und gab »ihn« auf. Stattdessen begann sie, sich intensiv um ihr Aussehen zu bemühen, um nie wieder als hässlich bezeichnet zu werden.

»Ich habe mich ein paarmal mit durchschnittlichen Männern abgefunden und sogar geheiratet … aber es hat nie geklappt. Ich bin zweimal geschieden. Egal, wie nett die Männer waren, ›ihn‹ konnte ich nie vergessen.«

»Er muss ein besonderer Mensch gewesen sein«, sagte Hayari.

Yukie lächelte kurz und senkte dann ihren Blick. »Er ist jetzt ein erfolgreicher Künstler in Tokio. Jedes Mal, wenn ich ihn im Fernsehen sehe oder seine Musik in der Stadt höre, erinnert es mich an ihn, und mir tut das Herz weh«, sagte sie.

»Er hat seinen Traum verwirklicht«, fügte sie hinzu. »Es gibt Momente, die ich bis heute nicht vergessen kann.«

»Eines Tages sah er mir in die Augen und sagte, dass er nach Tokio gehen möchte. Ich sagte ihm, dass er es schafft, wenn er es nur versucht. Da lächelte er und fragte: ›Würdest du mitkommen?‹ Aber …«

»Sie haben abgelehnt?«, fragte ich überrascht, und sie nickte.

»Es war nicht die Angst, wieder nach Tokio zu gehen. Ich hatte Angst vor seinen Fans … und am Ende sagte ich nichts. Aber ich denke immer noch, wenn ich damals gesagt hätte, dass ich mitkomme, wäre sicher alles ganz anders gekommen.«

Yukie hatte ihre Fäuste so fest geballt, dass ihre langen Nägel fast brachen. Der Schmerz über ihre Entscheidung nagte immer noch an ihr und warf einen Schatten auf ihr Leben, der sich in ihren bitteren Worten widerspiegelte. Es mochte nicht richtig sein, diesen Schmerz an anderen auszulassen, aber ich verstand, warum sie ihre Demütigungen nicht einfach hinnehmen wollte. Sie war früher sicherlich anders.

Dann drehte ich mich spontan zu Hayari um, die lächelte, als sie zurück zum Tresen ging.

»Darf ich Ihnen einen Kaffee aussuchen?«, fragte Hayari und griff nach der French Press. Es war Zeit, in die Vergangenheit zu reisen und unverarbeitete Erinnerungen zu konfrontieren.

Das heiße Wasser blubberte und gurgelte, und der Duft des Kaffees stieg auf. Mit der French Press in der

Hand füllte sich der Raum mit einem sanften, beruhigenden Klang. Die Zeit färbte sich in den Braunton des Kaffees, und als ich langsam blinzelte, meinte ich, das leise Ticken einer Uhr zu hören. Doch dieser Klang wurde allmählich von den Umgebungsgeräuschen verschluckt und verschwand schließlich.

3

Die verblasste Welt um mich herum war dunkel und roch stark nach Tabak, ein Geruch, der mir geradezu in der Nase wehtat. Hayari drängte mich in eine Ecke, um mich zu verbergen. Yukie hatte hierher zurückkehren wollen, um ihre Vergangenheit zu ändern – die Bar, in der sie Stammgast gewesen war. Nur ein Kind wie ich hatte hier eigentlich nichts zu suchen.

Der Raum war nicht sehr groß. Es gab eine lange Theke und etwa sechs Tische. Hinter der Theke standen drei Barkeeper, und während nur zwei der Tische besetzt waren, war keiner der Plätze an der Theke frei.

Alle Gäste waren Frauen. Wahrscheinlich waren sie wegen des Barkeepers da, der in der Mitte des Tresens stand. Ein schlanker, androgyn wirkender Mann, der gut zu seiner schwarzen Weste und der Fliege passte. Am äußersten linken Ende der Theke saß Yukie. Sie schien überrascht von der plötzlichen Situation zu sein und sah sich hektisch um.

»Ich habe mit den Bandmitgliedern gesprochen und denke, es ist Zeit, nach Tokio zu gehen«, sagte der Barkeeper. Sofort erhoben sich Stimmen der Empörung und des Bedauerns von den weiblichen Gästen: »Oh nein!« und »Das ist ja schrecklich!«.

Der Barkeeper lächelte, offensichtlich erfreut über die Versuche, ihn zum Bleiben zu bewegen, doch schnell wandelte sich sein Gesichtsausdruck, und er sah besorgt aus. Yukie wirkte immer noch benommen und saß am Rande des lauten, belebten Tresens. Der Barkeeper schenkte Yukie keine Beachtung. Das hatte ich nicht erwartet. Yukie hatte doch gesagt, er habe ihr von seinen Plänen, nach Tokio zu gehen, erzählt, und sie dachte, sie sei etwas Besonderes für ihn. Aber so sah es von hier aus nicht aus.

Ihre Sitzposition schien die Distanz zwischen ihr und dem Barkeeper widerzuspiegeln. In dieser Bar fiel sie überhaupt nicht auf. Auch wenn es nicht gut war, Menschen nach ihrem Aussehen zu beurteilen, gab es am Tresen mehrere Frauen, die besser aussahen als Yukie.

In diesem Moment stieß die Frau neben Yukie, die in ein Gespräch vertieft war, versehentlich Yukies Glas um.

»Oh!«, rief ich unwillkürlich aus und hielt mir schnell den Mund zu. Die Barkeeperin, die gerade vor Yukie stand, wischte das verschüttete Bier schnell auf, und der männliche Barkeeper reichte ihr ein feuchtes Handtuch.

»Alles in Ordnung?«

»Ah ... ja ...«, antwortete Yukie mit schwacher Stimme und einem roten Gesicht.

»Was denkst du? Sollte ich besser in Sapporo bleiben?«, fragte er, als er ihr ein neues Glas einschenkte.

»Ah ... nein, ich denke, du wirst in Tokio Erfolg haben ...«, antwortete Yukie zögerlich, vielleicht aus Nervosität oder immer noch verwirrt. Der Barkeeper lächelte aufrichtig.

»Wirklich? Denkst du das? Würdest du dann mitkommen?«, fragte er mit einem schelmischen Lächeln. Es war tatsächlich an Yukie gerichtet, aber die anderen Frauen am Tresen riefen sofort: »Ich! Ich komme mit!«

Yukie blieb still – wieder blieb sie still.

»Och, Yukie ... jetzt komm schon«, murmelte ich leise. Aber die lauten Stimmen der anderen Frauen übertönten meine Worte, sodass sie wahrscheinlich niemand hörte, auch nicht Yukie.

Die Situation war anders, als ich es mir vorgestellt hatte. Hatte Yukie übertrieben, oder hatte sich ihre Erinnerung im Laufe der Zeit verändert? Offensichtlich war sie nur eine von vielen Bewunderinnen hier. Trotzdem ...

Wenn sie nur endlich etwas sagte! Dann würde sich vielleicht etwas ändern! Unbewusst drückte ich Yukie die Daumen. Doch während sie weiterhin schwieg, beugte sich die Frau neben ihr vor und flüsterte ihr etwas ins Ohr, wahrscheinlich etwas Gemeines. Was sie sagte, konnte ich nicht genau verstehen, aber Yukie saß nur still und niedergeschlagen da.

Obwohl wir die Zeit zurückgedreht hatten, obwohl sie nur diese eine Chance hatte ... Sollte das wirklich auf diese Weise enden?

Wenn sie nicht bald etwas tat, würde die Zeit ablaufen.

»Yukie ...« Ich konnte nicht länger zusehen und wollte sie laut rufen, als mir plötzlich schwindlig wurde und das Ticken der Uhr lauter in meinen Ohren klang. Es konnte nicht vorbei sein, Yukie hatte noch nichts geändert! Man kann die Vergangenheit nur einmal ändern, und nur für diesen kurzen Augenblick. Doch bevor irgendetwas anders wurde, war die Zeit abgelaufen, und wir waren wieder in der Gegenwart.

4

Oh nein, ich muss wohl eingenickt sein«, sagte Yukie plötzlich und richtete sich am Tisch auf.

»Sie scheinen müde zu sein. Der Kaffee ist gerade fertig geworden«, antwortete Hayari und drehte an der Uhr herum. Herr Higure brachte Yukie eine Tasse Kaffee an den Tisch.

Sie schien nicht ganz zu verstehen, was passiert war, und hielt sich die Stirn und schaute auf ihr Smartphone.

»Ihre Begleiterin musste gehen, und danach haben Sie ein wenig geruht«, erklärte Herr Higure und stellte die Tasse ab.

»Ach so …«, antwortete Yukie kurz und verstummte wieder.

Ich konnte die Unruhe in mir nicht loswerden und schaute zu Hayari und Herrn Higure. Wir hatten dieser einmaligen Chance beigewohnt, doch nun war sie ungenutzt verstrichen. Die Sonne stand bereits tief am Himmel und warf schräges Licht durch das Fenster, während Yukie melancholisch ihren Kaffee trank.

Sie war nicht die »besondere Person« gewesen, für die sie sich gehalten hatte, und sie hatte nicht den Mut gehabt, ihre Vergangenheit zu ändern.

Ob sie nur eitel, stur oder eine Lügnerin war, konnte ich nicht sagen. Doch in diesem Moment wirkte sie wie ein Mensch, von dem eine Last abgefallen war. Sie blickte durch die Scheibe auf die Spitze der gläsernen Pyramide im Moerenuma-Park.

»Ich habe ein Nickerchen gemacht und von früher geträumt«, sagte Yukie plötzlich.

»Ein Traum?« Hayari, die gerade die Uhr wieder in Gang gesetzt hatte, schloss das kleine Fenster.

»Ja … genau wie dieser Kaffee. Wenn ich mich erinnere, wird es bitter«, sagte Yukie, und eine Träne lief über ihre Wange.

»Wie schön«, murmelte ich.

Das goldene Licht des Abends funkelte in ihren Tränen, und das war so wunderschön, dass es mir unwillkürlich herausgerutscht war.

»Hm?«

Yukie schaute überrascht zu mir und lächelte dann sanft.

»Oh, danke.«

Mit dem Sonnenuntergang im Rücken war ihr Lächeln wirklich bezaubernd – und plötzlich taten mir wieder die Finger weh. Mokka leckte mir besorgt über die Hand. Der Gedanke, dass man andere herabsetzen und verletzen durfte, nur weil man selbst hart an sich arbeitete, gefiel mir immer noch nicht. Aber … diese Frau hatte sich wirklich angestrengt, sich zu verändern, nachdem sie bereute, nichts gesagt zu haben. Sie war so schön geworden. Doch die Vergangenheit konnte sie nicht ändern – Anstrengung führte nicht automatisch zu einem schönen Ergebnis.

Den Mut zu haben, an jenem Ort die Stimme zu erheben, wäre selbst beim zweiten Mal nicht einfach gewesen. Trotzdem …

Obwohl ich es verstand, fühlte ich eine schmerzliche

Bitterkeit und Unzufriedenheit in meinem Herzen, und meine Finger schmerzten weiter. Es war, als ob ich selbst diese Enttäuschung spürte.

»Nein, Kaffee mag ich nicht. Der Geruch ist furchtbar, er verfärbt die Zähne, und schmecken tut er bitter … und vor allem erinnert er mich an all die schlimmen Dinge«, sagte Yukie und verließ das Café, nachdem sie den bitteren Kaffee ausgetrunken hatte.

»Es war eine einmalige Chance«, murmelte ich.

»Nicht jeder kann sich selbst ändern«, sagte Herr Higure.

Als ich das Gesicht verzog, lächelte Hayari.

»Ja … aber selbst kleine Veränderungen am Anfang können später große Auswirkungen haben.«

»Was?«

»Ob du den ersten Schritt mit dem rechten oder linken Fuß machst, langsam gehst oder hüpfst – die Zukunft könnte sich dadurch ändern.«

In diesem Moment öffnete sich die Tür des Ladens, und Mina trat besorgt ein.

»Entschuldigung, ist der Gast, der vorhin bei mir war, schon gegangen?«, fragte sie hastig.

Herr Higure nickte.

»Ja, sie ist gerade eben gegangen. Gibt es ein Problem?«

»Hm … also, ich wollte eigentlich mit meinem Mann essen gehen, nachdem ich von ihr weg bin, aber da wir uns so lange nicht gesehen hatten, habe ich beschlossen, doch lieber die Zeit mit ihr zu verbringen«, erklärte Mina.

Yukie hatte das Café allerdings bereits verlassen.

»Sie ist wahrscheinlich gerade mit dem Auto unterwegs. Bis Sie sie erreichen können, warten Sie doch hier«, schlug Herr Higure vor.

»Wirklich? Vielen Dank!« Mina strahlte und setzte sich, während sie Mokka streichelte und eine Weile ihr Smartphone benutzte.

Nach etwa zehn Minuten kam Yukie fluchend, aber irgendwie auch erfreut zurück. Die beiden verließen schließlich fröhlich das Tacet.

»Ob Mina weiß, was Yukie hinter ihrem Rücken über sie sagt?«

»Unwahrscheinlich, dass sie es nicht weiß«, sagte Herr Higure und polierte ein Glas.

»Was?«

»Wenn Mina sie wirklich nicht mögen würde, hätte sie Yukie nicht von sich aus eingeladen.«

»Ah …« Das stimmte. Mina war es gewesen, die zurückgekommen war. Wenn sie Yukie nicht mochte, hätte sie kaum die Zeit mit ihrem Mann geopfert, um zurückzukommen.

Vielleicht bemerkte Mina nicht alles … aber Yukie hatte gesagt, sie halte sich nicht zurück, wenn es darum ging, ihre Meinung zu sagen.

»Wir sehen nur einen kleinen Teil des Ganzen. Es gibt sicherlich etwas an Yukie, das Mina dazu bringt, ihre Gesellschaft zu schätzen«, sagte Herr Higure.

»Stimmt«, antwortete ich nachdenklich. Auch wenn es die gleiche Zukunft war wie zuvor, vielleicht hatte sich etwas verändert. Ich hoffte, dass Yukie wenigstens ein bisschen freundlicher zu Mina sein würde.

Plötzlich erklang ein spitzer Aufschrei von Hayari, als sie auf ihr Smartphone schaute.

»Oh, mein Gott! Der Barkeeper von vorhin war der Sänger von BLACK!«

»Wow …« BLACK war eine bekannte Rockband, die selbst ich kannte. Sie waren nicht mehr die absolute Topspitze, aber ihre neuen Songs sorgten immer wieder für Furore, und ihre Konzerte waren stets ausverkauft.

Kein Wunder also, dass Yukie ihn nicht vergessen konnte …

»Aber … der Sänger von BLACK hat doch seine Frau, die ihn vor dem Durchbruch unterstützt hat, verlassen und sich eine fünfzehn Jahre jüngere Sängerin geangelt, oder?«

»Ja, das ist typisch, wenn jemand berühmt wird …«

»Was …«

Wir drei schauten uns an und schwiegen einen Moment. Ob das Glück, das Yukie suchte, in der von ihr nicht gewählten Zukunft lag, wussten wir nicht. Jemanden zu verletzen ist niemals richtig, und hässliche Worte sind mir ein Gräuel. Deshalb hoffte ich, dass Yukie von nun an einen besseren Weg einschlug und ein besserer Mensch wurde, als ich meinen nur ganz leicht bitteren Karamell-Latte austrank.

DUETT –
DIE DRITTE TASSE:

Das
Duett
der
Vögel

1

Ende Mai, als der Duft der Fliederblüten fast vollständig aus Sapporo verschwunden war, öffnete ich die etwas schwere Tür des Tacet, begleitet vom Klingeln der Ladenglocke.

»Willkommen«, sagte Herr Higure kurz.

Hayari sah nicht in meine Richtung, denn sie war in ein ernstes Gespräch mit einer Frau vertieft, die an der Theke saß.

»Ah … hallo«, sagte ich zögernd, besorgt, ob ich vielleicht störte. Doch Hayari war nicht verärgert, sondern einfach nur in das Gespräch vertieft. Gelegentlich lächelte sie sogar.

»Hallo. Das Übliche?«, fragte Herr Higure, noch bevor ich mich gesetzt hatte.

»Ja, bitte«, antwortete ich erleichtert und betrat den Laden. Es fühlte sich ein bisschen aufregend an, dass ich als Stammgast bekannt war und einfach »das Übliche« bestellen konnte, auch wenn es nur daran lag, dass meine Auswahlmöglichkeiten begrenzt waren. Ich setzte mich zwei Plätze von dem anderen Gast entfernt an die Theke.

»Oh, hallo meine liebe Himari«, sagte Hayari und lächelte mich an, als sie mich bemerkte. Ich fühlte mich ein bisschen schuldig, weil ich das Gespräch unterbrochen hatte.

»Das ist Frau Takanashi, die Patissière aus der Konditorei hier in der Nähe«, stellte Hayari die Frau vor, bevor ich überhaupt fragen konnte. [Takanashi heißt wörtlich »Kein Falke da«, wird aber mit Schriftzeichen geschrieben, die bedeuten »Kleine Vögel spielen«. Dabei geht es hier nicht um den Laut, sondern um die Logik: »Die kleinen Vögel sind nur dann unbeschwert, wenn kein Falke am Himmel ist.« – Anm. d. Übers.] Anscheinend arbeiteten sie an einer Kooperation, bei der Sets aus Gebäck und Kaffeebohnen für den Vatertag verkauft werden sollten.

»Ach, stimmt, ja, bald ist Vatertag«, sagte ich.

»Genau, Himari, was gefällt dir denn so?«, fragte Hayari und zeigte mir Fotos von Gebäck und Keksen. Die Bilder zeigten zarte Dekokuchen, die mit gelben Rosen verziert waren, und hübsche Zuckerkekse, die bei mir sogleich einen Sturm der Begeisterung auslösten.

Mein Vater hatte sich wegen eines Jobwechsels von meiner Mutter scheiden lassen. Er hatte nicht vor, jemals wieder in Japan zu leben, und wir hatten kaum Kontakt. Wir standen uns zwar nicht besonders nahe, aber wir hatten auch nichts gegeneinander. Deshalb würde er sich wahrscheinlich über die Kekse freuen. Aber wichtiger war …

»Meine Mutter mag keine Blumen, aber über so etwas würde sie sich sicher freuen«, sagte ich.

»Oh, und was schenkst du ihr sonst so zum Muttertag?«, fragte Frau Takanashi beiläufig. Sie sah nicht viel älter aus als Hayari und Herr Higure, vielleicht Ende zwanzig, mit dunkelbraunem Haar, das ordentlich zu einem Knoten gebunden war.

»Ich habe ihr immer auf dem Klavier etwas vorgespielt. Aber dieses Jahr war es wegen des Umzugs so hektisch, dass wir letztendlich gar nichts gemacht haben …«, antwortete ich. Ich sah, dass an ihrer Haarnadel an einem Kettchen süße kleine Vögelchen baumelten. Ihr Beruf ließ wohl keine besondere Kleidung zu, aber mit der Haarnadel konnte sie etwas Besonderes tragen.

»Nun, so etwas kommt schon vor. Dann feiere mit ihr doch einfach am Vatertag mit. Kannst du gut Klavier spielen? Was wolltest du denn dieses Jahr spielen?«

»Ähm …«

Es war eine beiläufige Frage. Vermutlich wollte sie nicht wirklich wissen, was ich spielen wollte, sondern nur das Gespräch in Gang halten. Ich wollte die Stimmung nicht verderben und bereute es, das Thema überhaupt angeschnitten zu haben. Unsicher, wie ich antworten sollte, schaute ich zu Hayari und Herrn Higure, die beide ebenfalls etwas betreten dreinschauten.

»Himari hat sich an der Hand verletzt«, erklärte Hayari und kam mir zu Hilfe.

Frau Takanashi warf einen erschrockenen Blick auf meine Hand und die bandagierten Finger.

»Oh! Aber das ist nicht der Grund, warum ich gezögert habe. Ich habe noch gar keine Idee, was ich dieses Jahr machen soll«, sagte ich hastig, als ich sah, wie betroffen Frau Takanashi auf einmal aussah. Mokka, der normalerweise in solchen Momenten die Stimmung auflockerte, schlief heute ausnahmsweise in seiner Box, und ich fühlte mich noch unsicherer.

»Dann mach doch dieses Jahr Kekse! Ich bringe dir bei, wie das geht!«, schlug Frau Takanashi spontan vor.

»Was?«

»Es ist nett, welche zu kaufen, aber warum machst du sie nicht selbst? Hast du morgen Zeit? Um diese Uhrzeit?«

Ich sah auf die Uhr. Es war fast ein Uhr.

»Ihr könnt die Küche im Tacet benutzen. Wir haben einen Ofen«, bot Herr Higure an.

»Zeit hätte ich schon, aber ist das nicht zu viel Aufwand?« Ich wollte nicht, dass sich jemand gezwungen fühlte oder mich bemitleidete.

»Das ist doch kein Aufwand. Außerdem ... als ich klein war, ließen sich meine Eltern scheiden, und ich habe meine Mutter seitdem nicht mehr gesehen. Ich weiß nicht einmal, wo sie ist, also überlege ich sehr gern, was man seiner Mutter schenken kann«, erklärte Frau Takanashi und lehnte sich zu mir herüber.

»Aber ist das wirklich in Ordnung?«, fragte ich unsicher.

»Ja! Wenn es dir nichts ausmacht, dann backen wir zusammen Kekse«, sagte Frau Takanashi mit einem Lächeln im Gesicht.

Manchmal war es schwer, die wahren Absichten von Erwachsenen zu verstehen. Erwachsene, die Schuldgefühle gegenüber einem »armen Kind« hatten, versuchten oft, das Kind ein wenig aufzuheitern, aber meist taten sie das nur, um sich selbst besser zu fühlen. Doch das aufrichtige Lächeln von Frau Takanashi wirkte ebenso warmherzig wie das von Hayari oder Frau Sugiura, und ich glaubte, dass sie es wirklich ernst meinte.

»Dann würde ich mich darüber sehr freuen«, sagte ich mit einer höflichen Verbeugung.

»Wie heißt du?«

»Ich bin Himari Misaki. Mein Vater mochte Sonnenblumen sehr, deshalb heiße ich so ähnlich wie die Sonnenblume – *Himawari*.«

Als Frau Takanashi das hörte, lächelte sie erneut glücklich.

»Verstehe. Dann machen wir statt Nelken oder Rosen Sonnenblumenkekse. Das ist auch einfacher für Anfänger und passt perfekt zum Sommer. Deine Eltern werden sich bestimmt freuen!«

Ihre Begeisterung war ansteckend, und ich nickte lächelnd. Doch innerlich fragte ich mich, ob sich meine Mutter wirklich darüber freute. Bisher hatte sie sich nur über eines gefreut: dass ich ein Talent zum Klavierspielen hatte. Trotzdem musste ich lernen, auf andere Weise mit meiner Mutter in Kontakt zu treten. Obwohl ich etwas besorgt war, freute ich mich auf das Backen mit Frau Takanashi im Tacet, und die Vorfreude ließ mich den ganzen Tag nicht zur Ruhe kommen.

2

Am nächsten Tag, als ich ins Tacet kam, waren Herr Higure und Frau Takanashi bereits in der Küche und bereiteten alles für das große Backen vor. Hayari übernahm das Café.

Sogar Herr Higure wollte mit backen, und er hatte auch schon eine Schürze für mich bereitgelegt.

»Hayari backt nicht mit?«, fragte ich, als mir Herr Higure die Schürze umband.

»Sie gehört eher zur Fraktion, die die Kekse isst«, sagte er lachend.

Es stellte sich heraus, dass Herr Higure hauptsächlich für das Essen im Tacet verantwortlich war. So begann unser Keksebacken. Da Frau Takanashi alle Zutaten schon vorbereitet hatte und uns Schritt für Schritt anleitete, war es eigentlich ganz einfach. Wir rührten Butter mit Zucker schaumig, fügten nach und nach geschlagenes Ei hinzu (denn alles auf einmal würde die Mischung trennen!) und hoben schließlich gesiebtes Mehl und Kakaopulver unter. Das Ergebnis war ein glänzender, feuchter Kakaoteig.

Obwohl ich so etwas noch nie gemacht hatte, schafften wir es – weiß Gott wie –, den Teig herzustellen, und er sah auch wirklich recht gut aus. Wir rollten ihn aus, ließen ihn eine Stunde im Kühlschrank ruhen und stachen dann die Formen aus, bevor wir die Kekse in den Ofen schoben.

»Eigentlich wollte ich den Teig schon fix und fertig mitbringen, aber es macht mehr Spaß, wenn du sie selbst von Anfang an machst«, sagte Frau Takanashi.

Es stimmte, dass es sich mehr nach »selbst gemacht« anfühlte, wenn man auch den Teig selbst herstellte.

Der Karamell-Latte, den ich während der Wartezeit trank, war ebenfalls köstlich. Schließlich war der Teig fest und gut gekühlt, und Frau Takanashi begann, ihn mit einem Sonnenblumenförmchen, das sie aus ihrem Geschäft mitgebracht hatte, auszustechen. Das Ausstechen der Keksformen machte Spaß und brachte mich in die richtige Stimmung fürs Keksebacken. Auf einmal fiel mir auf, dass Herr Higure ebenfalls routiniert bei der Arbeit war. Seine langen, schönen Finger stachen mir direkt ins Auge.

»Herr Higure, spielen Sie kein Instrument?«, fragte ich.

»Hm? Musik ist nicht wirklich mein Ding. Warum fragst du?« Er sah mich neugierig an.

»Oh, weil Sie große Hände haben. Beim Klavierspielen bedeutet das, dass man mehr Stücke spielen kann.«

»Aha. Verstehe.« Hier endete unser Gespräch. Herr Higure war immer ruhig, sprach das Nötigste und war zwar nie abweisend, aber irgendwie schwer zu fassen. Hayari hingegen war lebhaft und gesprächig, und sie erzählte mir gerne vom Café und über die Zeitwächter. Doch bei Herrn Higure wusste ich nie, worüber ich mit ihm reden sollte. Obwohl ich mehrfach versuchte, ein Gespräch zu beginnen, kam es nie richtig in Gang.

Manchmal fragte ich mich, ob das für einen Job im Dienstleistungssektor ausreichte. Aber Mokka kümmerte sich um die Gäste, und das Tacet war ein ruhiger

Laden, wo ein Minimum an Konversation offenbar ausreichend war.

Inzwischen waren die Kekse fertig gebacken. Süßer Butterduft zog durch das Café, und Hayari rief begeistert: »Oh, riecht das gut!«

Auf die Zuckerkekse strichen wir noch ein *Royal Icing* – eine Art Zuckerguss aus Eiweißpulver und Puderzucker, der sich in verschiedene Farben einfärben und zum Dekorieren verwenden ließ. Royal Icing wurde schnell fest, nicht so schnell schlecht, und man konnte damit sehr detaillierte Verzierungen malen. Erfahrene Zuckerbäcker konnten damit sogar dreidimensionale Blumen gestalten, aber wir beschränkten uns darauf, die Kakaokekse mit gelbem Guss zu verzieren und ein Gittermuster in die Mitte zu zeichnen. Trotzdem war es nicht leicht, die verschiedenen Konsistenzen des Zuckergusses für Umrandung und Ausfüllung zu handhaben.

Ich hatte Schwierigkeiten, den Zuckerguss gleichmäßig zu verteilen, und die Umrandung, die wie ein Faden gezogen werden sollte, tropfte oft an die falschen Stellen herunter. Anfangs dachte ich, dass die Kekse nicht gut genug für ein Geschenk werden würden, aber nach dem vierten Keks bekam ich den Dreh raus, und sie sahen ganz ordentlich aus.

»Wow, Herr Higure, Sie sind wirklich gut!«, rief Frau Takanashi überrascht aus, als sie Herrn Higures Hundekekse sah.

»Tatsächlich, sehr geschickt!«, bestätigte ich.

Gewiss, Herr Higure hatte bereits von Anfang an fast exakt nach Frau Takanashis Vorlage gearbeitet. Er lächelte schüchtern.

»Higure hat als Hobby auch Modellbau und ähnliche handwerklichen Tätigkeiten, nicht wahr?«, kommentierte Hayari lachend, als sie uns beobachtete.

»Ja.« Er nickte.

Hayari kannte Herrn Higure gut, und ich hatte das Gefühl, dass Herr Higure Hayari ziemlich gernhatte. Doch ihre Beziehung war mir ein Rätsel – sie hatten weder eine romantische Beziehung, noch waren sie einfach »nur Freunde«; es war etwas Besonderes, das mich jedes Mal wieder faszinierte.

»Himari, du wirst auch immer besser«, lobte mich Frau Takanashi, als ich Herrn Higures Kekse bewunderte und dabei unwillkürlich innehielt.

»Oh … hm, es war schwierig, den Druck richtig zu dosieren, aber ich habe mich allmählich daran gewöhnt.«

»Ja, du lernst schnell!«

Frau Takanashi schien sehr gut darin zu sein, andere zu loben. Sie überhäufte mich mit Komplimenten, von »Dieser Schwung ist schön« bis »Der Winkel deiner Hand ist perfekt«, sodass es mir irgendwie schon fast peinlich wurde, aber egal – gut tat es mir trotzdem.

Eigentlich bewegten sich meine Finger nicht so gut, wie ich gehofft hatte. Obwohl ich mir wirklich, wirklich Mühe gab, würde das Ergebnis nie so hübsch werden wie von Herrn Higure oder Frau Takanashi. Deren Kekse hätte man verkaufen können! Aber vielleicht war das in Ordnung. Es war besser, dass meine Kekse ein wenig unperfekt waren – sie waren dann wirklich von mir gemacht. Außerdem hätte meine Mutter womöglich gesagt: »Wenn du so gut Kekse machen kannst, kannst du auch wieder Klavier spielen«, und das wollte ich vermeiden. Schließlich zählte der Geschmack, nicht das Aussehen.

Wir wählten einige Kekse aus, die besonders gut gelungen aussahen, und ließen sie in einer speziellen Maschine trocknen. Beim Warten wollten wir uns mit einem Tässchen Tee über die nicht so gut gelungenen Kekse hermachen. Doch als im Café wenig später mehr und mehr Gäste erschienen, gingen Hayari und Herr Higure in den Gastraum hinaus, während Frau Takanashi und ich in der Küche blieben.

Ich probierte einen meiner Kekse und war überrascht. Er war noch ofenwarm und hatte eine zerbrechliche, fast schmelzende Textur mit einem leicht feuchten Kern – zum Niederknien!

»Diese Kekse sind unglaublich … danke, Frau Takanashi.«

»Gern geschehen. Aber ist das wirklich das erste Mal, dass du Kekse backst? Hast du das nie mit deiner Mutter oder mit Freundinnen gemacht?«

»Ich … ich habe jeden Tag nur Klavier gespielt. Alles andere war für meine Mutter nichts wert. Ich erinnere mich kaum, nach der Schule oder an freien Tagen mit Freundinnen gespielt zu haben. Meine Mutter hatte außerdem nie Zeit für mich, weil sie sich um meine kleine Schwester gekümmert hat … Haben Sie denn mit Ihrer Familie gebacken, Frau Takanashi?«

»Ich? Ja … als ich klein war, habe ich oft mit meiner Mutter Kekse gebacken.«

»Das klingt wunderbar! Hat es Spaß gemacht?«

Frau Takanashi zögerte kurz, also lächelte ich ermutigend.

»Ja. Es hat wirklich viel Spaß gemacht. Als ich

schließlich den Ofen alleine benutzen konnte, habe ich alleine Kekse gebacken … zu dieser Zeit war meine Mutter nicht mehr da.«

»Dann ist es eine wertvolle Erinnerung für Sie.«

»Ja. Meine Mutter konnte wohl auch sehr gut backen. Mein Vater und meine Großeltern fanden das nicht so toll … aber ich habe das als Verbindung zwischen mir und meiner Mutter gesehen«, sagte sie mit einem schüchternen Lächeln.

Selbst wenn sie nicht zusammenleben konnten, fühlte sie sich ihrer Mutter verbunden.

»Deshalb habe ich die Einsamkeit überstanden. Mit der Hitze des Ofens und dem süßen Duft der Butter war ich nie wirklich allein.«

Bei mir war es das Gegenteil. Egal, ob zusammen oder getrennt, ich spürte nie irgendeine Verbindung zu meiner Mutter. Trotzdem schien es falsch, Frau Takanashi darum zu beneiden.

»Sie haben also keinen Kontakt mehr zu Ihrer Mutter, Takanashi-san?«

»Nein … es ist schwierig.«

»Verstehe …«

Frau Takanashi ist so ein guter Mensch, also muss ihre Mutter auch eine gute Person sein, dachte ich.

»Wollen Sie sie denn gar nicht sehen?«, fragte ich sie.

Sie blickte zu Boden und schüttelte schließlich den Kopf.

»Es war meine eigene Schuld – ich habe meiner Mutter etwas Schreckliches angetan.«

»Etwas Schreckliches?«

»Ja … aber das ist lange her. Reden wir lieber über etwas Schönes, ja?«

Sie lächelte gezwungen, um das Thema zu wechseln. Inmitten des süßen Dufts der Kekse schien es besser, über freundliche, fröhliche und aufregende Dinge zu sprechen.

Während die Zuckerglasur trocknete, plauderten Frau Takanashi und ich über Belanglosigkeiten in der Küche des Tacet. Es war einfach eine Art, die Zeit totzuschlagen, doch ich erkannte, dass Gespräche nicht immer eine tiefere Bedeutung haben müssen. Es genügte, dass sie Spaß machten – wie bei improvisierten Fingerübungen am Klavier. Ich fühlte mich akzeptiert, so wie ich war, und dieses Gefühl der Sicherheit breitete sich in meiner Brust aus. Ich konnte aufatmen. Für diese wundervolle Zeit war ich Frau Takanashi und den beiden im Tacet sehr dankbar.

3

Nachdem ich die Kekse an meinen Vater geschickt hatte, machte ich mich mit denen für meine Mutter auf den Heimweg. Schon beim Betreten des Hauses roch ich die Bolognese in der Küche. Ich stellte meine Sachen in mein Zimmer und ging mit den Keksen in die Küche, wo meine Mutter das Abendessen kochte.

In unseren Spaghetti bolognese waren immer zusätzlich Fleischbällchen und Würstchen. Ich mochte die Fleischbällchen, meine Schwester die Würstchen. Damit wir nicht stritten, machte unsere Mutter beides. So wurde die Soße reichhaltiger, aber ich fand, dass der Geschmack nicht mehr so harmonisch war.

Eigentlich gehörten weder Fleischbällchen noch Würstchen hinein. Doch so war es immer, wenn meine Mutter kochte: Sie fügte etwas Überflüssiges hinzu. Ja, schön und gut: Sie berücksichtigte unsere Vorlieben und die Nährstoffe, aber es war oft einfach zu viel. Natürlich war es falsch, sich zu beschweren, wenn sie schon jeden Tag für uns kochte. Deshalb hatte ich es mir zur Gewohnheit gemacht, ihr am Muttertag aufrichtig zu danken und ihr jedes Jahr ein Klavierstück vorzuspielen. Nur für sie.

Das erste Stück, das ich ihr vorspielte, war der *Valse du petit chien,* auch »Minutenwalzer« genannt. Dann kamen *Etüde in Ges-Dur* – die mit der rechten Hand nur auf den schwarzen Tasten gespielt wurde – und eine

Nocturne, allesamt Chopin-Stücke, die sie liebte. Sie hatte immer wieder erzählt, dass sie diese Stücke oft gehört hatte, als sie mit mir schwanger war. Doch mittlerweile konnte ich nichts davon mehr spielen. Stattdessen hatte ich mit allem, was ich noch zustande brachte, Kekse gebacken. Auch wenn es ein verspäteter Muttertag war, wäre es falsch, so zu tun, als hätte ich ihn vergessen. Es war der perfekte Zeitpunkt.

Herr Higure hatte mir sogar ein wenig von seiner selbst gemachten Karamellsauce mitgegeben. Man konnte sie in Milch auflösen und daraus eine köstliche Karamellmilch machen. Alles war bereit, um meiner Mutter eine Freude zu bereiten.

Auch heute Abend gab es Spaghetti, und neben den Fleischbällchen und Würstchen hatte meine Mutter Brokkoli und Shimeji-Pilze in die Soße getan, sodass es eher eine reichhaltige Tomatenpasta als eine Bolognese war. Meine Schwester Nanoka beschwerte sich über die Pilze, aber letztendlich aß sie alles auf. Seit ich aus England zurück war und wir wieder zusammenlebten, schien Nanoka ständig gereizt zu sein. Vielleicht war es die Pubertät. Während sie sich sofort nach dem Essen in ihr Zimmer verkrümelte, half ich beim Abwasch. Obwohl ich nur die Teller abtrocknen durfte, damit ich mich nicht versehentlich verletzte.

»Du, Mama«, begann ich zögernd.

»Ja?«

»Wenn wir mit dem Abwasch fertig sind, möchte ich dir etwas schenken.«

»Ein Geschenk?«

»Ja. Dieses Jahr konnten wir wegen des Umzugs den Muttertag gar nicht feiern.«

»Oh, wirklich?«

Zwischen dem Klappern des Geschirrs und dem Orangenduft des Spülmittels lächelte meine Mutter erfreut. Das machte mich sehr glücklich.

Da es nachts doch etwas kühl wurde, bereitete ich heiße Karamellmilch zu und stellte zwei Tassen bereit. Dann überreichte ich meiner Mutter die hübsch verpackten Sonnenblumenkekse.

»Mama, danke für alles« – einfache Worte, aber ich meinte es ganz aufrichtig genau so.

»Ich habe die Kekse selbst gemacht – mit einer Freundin. Es ist mein erstes Mal, also sind sie nicht perfekt ...«

Ich wartete gespannt auf ihre Reaktion. Doch –

»Was ist mit dem Klavier?«, fragte sie plötzlich.

»Was?«

»Ich habe es dir schon so oft gesagt, es ist total furchtbar, dass du einfach aufgibst und dir einbildest, du könntest nicht mehr spielen.«

Ihr Lächeln war in einem Sekundenbruchteil verschwunden, und sie legte verärgert die Kekse auf den Tisch.

»Das ... das ist nicht ...«

»Das Problem ist deine Einstellung, Himari. Wenn du genauso wie früher, nein, noch mehr als früher, jeden Tag hart an dir arbeitest, wirst du auch wieder spielen können.«

»Aber ... das ist ... unmöglich. Selbst der Arzt hat gesagt ...«

»Papperlapapp! Hör doch nicht auf diese Quacksalber! Es hängt einzig und allein von dir ab! Egal, was diese Ärzte sagen, du müsstest dich halt nur genug anstrengen, dann kannst du schon wieder spielen!«

Dann erzählte meine Mutter zum tausendsten Mal die Geschichte von Paul Wittgenstein, dem österreichischen Pianisten, der im Krieg seinen rechten Arm verloren hatte, aber nie aufgehört hatte zu spielen.

Ich hatte diese Geschichte schon so oft gehört, dass sie mir schon aus den Ohren kam. Aber es gab sicherlich viele Musiker auf der Welt, die aus verschiedenen Gründen das Spielen aufgegeben haben. Würde man ihnen allen sagen, dass sie sich nur mehr anstrengen müssten, um in die Musikwelt zurückzukehren? Würde man sagen, dass diejenigen, die aufgeben, die zweifeln oder die einen anderen Weg wählen, einfach nur zu viel auf der faulen Haut gelegen hatten?

»Ich bin aber nicht Paul Wittgenstein. Ich bin ich, Mama.«

»Genau. Anstrengen musst du dich selbst. Verstehst du? Ich will von dir keine Kekse. Ich will von dir Chopin! Kapierst du das nicht? Mach dir doch nichts vor.«

Ich machte mir nichts vor.

Meine Mutter stampfte vor Wut schnaubend aus dem Wohnzimmer, ließ die Karamellmilch und die Kekse unberührt auf dem Tisch zurück. Die Kekse, die ich mit so viel Mühe gebacken hatte. Frau Takanashi hatte mir extra beigebracht, wie man sie machte.

Doch für meine Mutter war das alles nur ein Manöver, mit dem ich »mir etwas vormachte«, und ein Zeichen dafür, dass ich mich »nicht genug anstrengte«.

»Hmpf ...«

Manchmal gibt es Menschen, die einen nicht verstehen, selbst wenn sie einem nahe sind. Habe ich diese Kekse wirklich für so jemanden gebacken?

Nun konnte ich die Gefühle, die mich übermannten,

nicht mehr unterdrücken und warf die Kekse in den Mülleimer. Ich warf sie so heftig hinein, dass der Plastikeimer laut schepperte, als würde auch er wütend protestieren.

Dann rannte ich in mein Zimmer und weinte. Ich wollte nicht, dass mich meine Mutter oder meine Schwester weinen sahen.

4

Am nächsten Tag fühlte sich mein Kopf schwer an. So musste es sein, wenn man einen Kater hatte. Als ich zur Schule ging, hatte ich noch ganz geschwollene Augen vom Weinen, und meine Klassenkameraden fragten mich besorgt, was denn los sei. Ich behauptete, ich hätte einen schnulzigen Film gesehen. Es war alles so peinlich! Ich wäre am liebsten im Erdboden versunken.

Sogar Chitose, vor dem ich sonst ehrlich gesagt immer ein wenig Angst hatte, machte sich offenbar seine Gedanken und sagte mir: »Wenn du weinst, reib dir nicht die Augen.« Er erklärte, dass die Schwellung durch das Reiben nur schlimmer wurde. Ich war überrascht, dass Chitose, der so wirkte, als ob er noch nie geweint hätte, so etwas wusste. Aber ich nahm mir vor, beim nächsten Mal, wenn ich weinte, mir die Augen nicht mehr zu reiben – auch wenn es mir noch lieber gewesen wäre, nie mehr weinen zu müssen.

Nach all dem Weinen beruhigte ich mich im Unterricht nach und nach. Doch je näher der Nachmittag rückte, desto mehr erinnerte ich mich an den gestrigen Tag, und meine Stimmung sank. Ich musste wieder nach Hause, in dieses Haus … ich dachte an die Worte meiner Mutter und die Kekse, die sie nicht angenommen hatte – heute Morgen wollte ich sie doch noch aus dem Müll holen, aber meine Mutter hatte den Müll bereits vor die Tür gestellt, und der Mülleimer war leer.

Mein Herz tat mir weh – vor Schuldgefühlen, weil ich die Kekse, die ich mit den anderen im Tacet gemacht hatte, nicht gegessen, sondern weggeworfen hatte. Ich fühlte mich schuldig gegenüber Hayari und Herrn Higure und besonders gegenüber Frau Takanashi, die mir das Keksebacken überhaupt erst gezeigt hatte. Natürlich hätte ich lügen können und behaupten, dass meine Mutter sich gefreut hätte, aber ich war eine absolut miese Lügnerin. Es war sicher besser, einfach die Wahrheit zu sagen und sich zu entschuldigen.

Nach der Schule schwang ich mich sofort auf meinen Drahtesel und fuhr zum Tacet. Der Himmel war schwer und grau. Nach etwa zwanzig Minuten fing es an, stark zu regnen. Was nun? Jetzt umzukehren wäre schwierig. Der Asphalt war schon ganz nass. Dann hörte ich das Donnergrollen.

Ich durfte nicht stehen bleiben, selbst wenn ich vor Schreck erstarrte. Die Regentropfen prasselten so heftig auf mich ein, dass sie richtig wehtaten.

»Uuuh …«

Der Wind wurde immer stärker. Das Tacet war doch schon so nah. Als ich eine andere Straße nahm, um Wind und Regen nicht so sehr ausgesetzt zu sein, bemerkte ich ein bekanntes Schild. Das war das gleiche Logo wie auf dem Flyer, den Frau Takanashi vor Kurzem ins Tacet gebracht hatte. Der Name des Ladens war auf Französisch geschrieben, also wusste ich nicht, wie man ihn aussprach. Aber bei dem heftigen Regen dachte ich, ich könnte mich zumindest im Eingang ein bisschen unterstellen.

Gerade als ich auf den Laden zufuhr, kam Frau Takanashi heraus, um das Ladenschild, das im Wind heftig
hin und her schwang, hineinzuholen.

»Oh! Himari, wie geht's dir denn?«

»Ah … Es hat plötzlich angefangen zu regnen …«

Frau Takanashi, die sah, dass ich schon tropfnass
war, fragte, ob ich bei ihr im Laden warten wolle, bis
der Regen nachließ. Aber ich fühlte mich unwohl,
durchnässt in einem Laden zu bleiben, in dem man sich
nicht hinsetzen konnte. Und außerdem: In Gegenwart
von Frau Takanashi konnte ich nicht einfach so tun, als
wäre alles in Ordnung.

»A… Also … ich … ich muss mich bei Ihnen entschuldigen, Frau Takanashi …«

»Entschuldigen?«

Sie sah mich irritiert an.

»Ja … Es tut mir leid. Ich konnte meiner Mutter die
Kekse nicht geben.«

Ob es der Regen oder Tränen waren, die meine Wangen hinunterliefen, wusste ich selbst nicht. Ich wischte
sie immer wieder mit dem Handrücken ab – obwohl
Chitose doch extra gesagt hatte, ich solle das nicht tun –
und erzählte ihr alles.

Frau Takanashi öffnete den Mund, als wolle sie etwas sagen, schloss ihn aber gleich wieder und nickte
nur.

»Ich verstehe … Schon gut. Kein Problem.«

Als sie das sagte und mir sanft ins Gesicht schaute,
flossen die Tränen nur noch heftiger.

Frau Takanashi war eine gute Person. Sie war freundlich und sehr nett – eine Welt, in der solche Menschen
nicht glücklich werden können, war einfach falsch.

»Sie müssen wirklich wieder Kontakt zu Ihrer Mutter aufnehmen, Frau Takanashi …«

»Was …?«

»Sie wollen sie doch sehen, oder? Sie hat schließlich mit Ihnen Kekse gebacken. Das stimmt doch, oder?«

Frau Takanashis Mutter hätte sich bestimmt gefreut, die Kekse ihrer Tochter zu essen. Sie hätte sie nicht einfach ignoriert und der Müllabfuhr mitgegeben.

»Ihre Mutter möchte Sie bestimmt auch sehen. Es ist nicht gut, das so zu belassen! Wenn Sie sie lieb haben … Wenn Ihre Mutter Sie ebenfalls lieb hat, dann sollten Sie das unbedingt tun!«

Nass bis auf die Knochen und weinend flehte ich sie an. In diesem Zustand sah ich sicher total geisteskrank aus.

Frau Takanashi schien jetzt erst recht verwirrt zu sein.

Aber es gab keine Möglichkeit, ihr alles zu erklären. Über das »Neuanfangen«. Über diese »kurze Zeit«.

»Was soll das überhaupt heißen, Sie ›wären selbst schuld‹? Wenn Sie es bereuen, gibt es bestimmt etwas, das Sie ändern möchten, oder? Erzählen Sie mir von Ihrer Mutter im Tacet. Frau Takanashi! Bitte.«

Ja, es war total klar, dass jetzt keiner mehr kapiert, um was es eigentlich geht, wenn einem ein fremdes Kind unter Tränen so etwas vorjaulte.

Trotzdem wollte ich, dass sich Frau Takanashi mit ihrer Mutter versöhnte. Denn für mich war das wahrscheinlich nicht mehr möglich.

Vielleicht bereute Frau Takanashi es jetzt schon, Bekanntschaft mit so einem schwierigen Kind gemacht zu haben …

Letztendlich seufzte Frau Takanashi und sagte: »Na schön.« Als ob ich sie mit meiner Flennerei schon zermürbt hätte.

»Aber … es ist keine schöne Geschichte, weißt du?«, betonte sie, wenn es auch schien, als hätte sie sich entschieden.

Sie holte eine süße Fleecejacke mit weißen Vogelaufdrucken und sorgte dafür, dass ich mich nicht erkältete, und fuhr mich ins Tacet, obwohl ich den Autositz nass machte.

Das Innere von Frau Takanashis Auto roch süß nach Vanilleschoten.

Die beiden im Tacet waren von meinem Anblick überrascht. Sie legten viele weiche Handtücher auf das Sofa im hintersten Winkel des Ladens, neben dem Holzofen, und heizten ordentlich ein.

Vielleicht lag es an mir, aber mir schien es im Tacet finsterer als sonst.

Wir waren die einzigen Gäste.

Die Glaspyramide, die man durch das Fenster sehen konnte, war heute grau und trüb.

Draußen regnete es mal heftiger, dann wieder etwas leichter, und die Tropfen prasselten an die Fenster und das Dach.

In der Stille des Tacet, wo keine Musik spielte, hörte man nur den Regen und das Knistern des Feuers, und ich spürte, wie der Sturm in meinem Herzen allmählich zur Ruhe kam.

Frau Takanashi bestellte den »Blend des Tages«. Schwarz.

Ich wählte heute keinen Karamell-Latte, sondern einen warmen Café au Lait.

Heute konnte es ruhig etwas bitterer sein.

Aber Hayari servierte mir stattdessen eine warme, cremige Milch mit einer großen Portion Schlagsahne und reichlich Schokoladensoße – sie nannte das »Himari Special«.

Ein Schluck davon, und die Süße beruhigte mich.

Bittere Sachen waren wirklich nicht so meins.

Das leise Klirren von Geschirr, das Knistern des Feuers und das rhythmische Trommeln des Regens – all das zusammen schuf eine beruhigende Atmosphäre.

»Es ist traurig, nicht wahr?«, flüsterte Frau Takanashi.

»Traurig?«

»Ja, das Geräusch des Regens, es ist traurig und macht Herz und Körper kalt, nicht wahr?‹

»Ah … Ja, Chopins Regentropfen-Prélude ist schön, aber auch ein wenig traurig … Aber der mit A ♭ dargestellte Regenklang gefällt mir trotzdem.«

»Ein solcher Regen, wie heute, ist furchtbar«, antwortete ich mit einem schiefen Lächeln.

Heute war es eher ein Missklang aus G, G ♯ und A.

»A? Oh, stimmt. Warum werden eigentlich die Instrumente bei Konzerten immer auf A gestimmt?«

»Oh … A ist der Kammerton.«

»A?«

»Nun, die Klaviertasten beginnen auch mit A, und international wurde beschlossen, dass A der Kammerton ist.«

»A?«

»Ich habe mal gehört, dass in der Antike der tiefste Ton eines griechischen Instruments A war, deshalb beginnt die Tonleiter mit A.«

»Oh, nicht mit Do?«

»La Si Do Re Mi Fa Sol.«

»Also ist Chopins Regentropfen auch im A-Ton?«

»Nein. A♭ ist einen halben Ton tiefer als A.«

»Verstehe … also quasi einen halben Schritt vor dem Start«, sagte Frau Takanashi nachdenklich und blickte auf den regenverhangenen Garten.

»Es stimmt, dass bei mir der halbe Schritt vor dem Start auch im Regen lag. An einem kalten Regentag sah ich, wie meine Mutter neben dem Backofen weinte.«

Frau Takanashi begann zu erzählen. Während ich ihrer Erzählung zuhörte, schloss ich die Augen und suchte unbewusst nach dem Ton A♭ im Regenrauschen.

5

Es fällt mir zwar schwer, es zu sagen, nachdem sie mich aufgezogen haben, aber mein Vater und meine Großeltern waren … wie man heute sagen würde, ein ›toxischer Mann‹ und eine ›toxische Familie‹. Für meine Mutter waren sie wirklich das Allerletzte«, sagte Frau Takanashi mit einem gequälten Lächeln und nippte an ihrem schwarzen Kaffee.

Besonders nachdem Frau Takanashi erwachsen geworden war und ihr Elternhaus verlassen hatte, wurde ihr vieles klar: Ihr Vater war zwar nie körperlich gewalttätig, doch er misshandelte ihre Mutter regelmäßig seelisch. »Du kannst gar nichts«, »Du bist zu dumm, um das zu verstehen« – solche grausamen Worte kamen ihm immer leicht über die Lippen und hatten ihre Mutter erniedrigt.

Die hatte immer alles stoisch ertragen – auch wegen Frau Takanashi. Sie hatte Angst, dass ihr Mann, wenn er einmal die Kontrolle verlor, seine Boshaftigkeit physisch an ihr oder ihrer Tochter auslassen könnte.

»Mein Vater wollte nicht, dass meine Mutter arbeiten ging, vielleicht weil er nicht wollte, dass sie auf eigenen Füßen stehen konnte. Aber als das Haushaltsgeld knapp wurde, musste sie schließlich doch ein paarmal die Woche einen kleinen Job annehmen«, erzählte sie weiter.

»Wenn man einen Vogel immer in einem Käfig hält,

was passiert dann, wenn man ihn aus dem Käfig lässt? Ein Vogel, der nie geliebt, sondern verletzt und unterdrückt wurde?«

Während ihrer Arbeit traf nun Frau Takanashis Mutter zufällig einen alten Freund. Dieser Mensch, den sie früher sehr mochte, hatte vor Kurzem seine Frau durch eine Krankheit verloren, und so kamen sich die beiden verletzten Seelen auf natürliche Weise näher. Vor allem wollte Frau Takanashis Mutter nicht länger von ihrem Mann erniedrigt werden. Deshalb bat sie um die Scheidung.

Natürlich war ihr Mann nicht erfreut und versuchte, sie mit Frau Takanashis Existenz zu erpressen, um sie zu halten.

»An dem Tag, an dem ich meine Mutter beim fröhlichen Keksebacken gesehen hatte, weinte sie abends in der Küche. Der Ofen war wieder kalt, aber der Duft von Butter hing noch in der Luft. Sie lehnte sich an den Ofen und schluchzte so sehr, dass ich nicht wusste, was ich sagen sollte – und am nächsten Morgen sagte sie mir, dass sie ausziehen würde.«

Diese Tränen waren für sie selbst das Zeichen des Loslassens gewesen.

»Irgendwann fiel es mir wie Schuppen von den Augen: Wenn meine Mutter mich nicht geliebt hätte, hätte sie nicht so gelitten. Doch sie musste gehen, um sich selbst zu schützen – aber als Kind konnte ich ihr das nicht sofort verzeihen.«

Ihr Vater hatte ihre Mutter jeden Tag schlechtgemacht, weil sie sich für das Leben und die Freiheit entschieden hatte.

»Damals hörte ich von meinem Vater und meinen

Großeltern, dass meine Mutter mich nicht mehr gewollt hatte«, sagte Frau Takanashi.

Stattdessen war es der Vater gewesen, nicht die Mutter, der dahintergesteckt hatte – doch das erkannte Frau Takanashi erst als Erwachsene. Als Kind verwandelten sich der unerträgliche Kummer, die aufgestauten Gefühle und die unerwiderte Liebe in Wut.

Weil sie ihre Mutter so lieb gehabt hatte, war sie traurig. Und gerade deshalb konnte sie ihr nicht verzeihen – irgendwie verstand ich, wie Frau Takanashi sich fühlte. Die Tatsache, dass meine Mutter die Kekse nicht angenommen hatte, tat mir so weh, dass ich selbst untröstlich war.

Vor Kummer und Wut schmerzte auch die Narbe an meiner Hand, die ich unbewusst fest umklammert hielt.

»Das letzte Mal sah ich meine Mutter vier Monate später an meinem Geburtstag – letztlich lief für meinen Vater alles nach Plan. Zu diesem Zeitpunkt dachte ich bei meiner Mutter nicht mehr ›Ich hab dich lieb‹, sondern ›Ich hasse dich‹.«

Sie durften sich sehen, und die Mutter war sicherlich sehr glücklich darüber. Der Treffpunkt war der schwarze, runde Rutschenturm im Odori-Park. Aber obwohl sie sich so sehr auf das Treffen freute, war Frau Takanashi wütend und dachte: *Auf einmal will sie mich jetzt sehen, dabei wollte sie mich ja unbedingt loswerden!*

»In Wirklichkeit hatte meine Mutter immer gebettelt, mich sehen zu dürfen, aber mein Vater ließ es niemals zu. Meine Großmutter überwachte uns ebenfalls. Er erzählte den Nachbarn und meiner Schule, dass meine Mutter einen anderen Mann gefunden und uns im

Stich gelassen hatte, also konnte sie mich nicht einmal heimlich besuchen.«

Doch Frau Takanashi war damals noch zu jung, um die Wahrheit zu verstehen. An ihrem Geburtstag ging sie widerwillig mit ihrem Vater in den Odori-Park. Ihre Mutter kam mit liebevoll dekorierten Keksen und einem Plüschvogel.

Sie weinte und freute sich, wie sehr Frau Takanashi gewachsen war, aber Frau Takanashi war wütend auf alles, was ihre Mutter tat.

»Es war so frustrierend. Ich konnte die für mein Gefühl verantwortungslose Freude meiner Mutter über mich nicht ertragen … Also warf ich demonstrativ die Kekse und den Plüschvogel in den Mülleimer im Park.«

»Oh …«

Das Wort »Kekse« traf mich wie ein Stich ins Herz.

»Ich erinnere mich noch gut. Vor dem Rutschenturm im Odori-Park sah mich meine Mutter traurig an, als ich meinen Wutanfall bekam.«

Sie wollte einerseits, dass ihre Mutter sofort herüberkam und sie umarmte, aber gleichzeitig wollte Frau Takanashi ihr einfach nur wehtun. Sie wollte, dass ihre Mutter einsah, dass sie alles falsch gemacht hatte, und wieder nach Hause zurückkehrte – doch ihre Mutter tat das nicht. Mit traurigem Gesicht sah sie ihnen stumm nach, als Frau Takanashi mit ihrem Vater den Park verließ.

»Verstehst du? In diesem Moment warf ich meine Mutter mitsamt den Keksen weg. Es war nicht meine Mutter, die mich verließ – ich war es, ich selbst«, sagte Frau Takanashi tieftraurig.

Mit einer Mischung aus Schmerz und Reue erklärte

sie weiter: »Seitdem hat meine Mutter nie wieder Kontakt zu mir aufgenommen. Vielleicht hat sie es versucht, aber mein Vater hat die Nachrichten nicht weitergeleitet.«

»Das ist verständlich … Ihr Vater ist natürlich grausam, aber Ihre Mutter hat auch Schuld, wenn sie Sie bei so jemandem einfach so zurücklässt.«

Sosehr ich Frau Takanashis Vater verachtete, konnte ich ihre Mutter nicht vollkommen von der Schuld freisprechen.

»Nein, so ist es nicht … Auch Eltern müssen nicht zusammenbleiben, wenn einer den anderen verletzt und quält. Mein Vater hat meine Mutter nur unglücklich gemacht.«

»Aber …«

Wer hätte denn Frau Takanashi als Kind beschützen sollen? Doch bevor ich etwas erwidern konnte, schüttelte sie den Kopf.

»Nein, es ist anders. Meine Mutter wollte mich wahrscheinlich holen, aber ich war diejenige, die das verweigert hat.«

Obwohl der Vater und die Großmutter grausame Menschen waren, verhielt sich die Großmutter definitiv liebevoll zu ihrem Enkelkind. Als Mutter konnte sie zwar nicht mit der Situation zufrieden sein, aber sie konnte zumindest hoffen, dass ihrer Tochter Sicherheit und Stabilität geboten wurden. Im Gegensatz dazu hatte die Mutter nicht sicher sein können, dass ihr neues Leben ebenso stabil und sicher sein würde. Aufgrund ihrer Erfahrungen mit ihrem ersten Ehemann war sie sehr vorsichtig geworden, was Beziehungen betraf.

»Also …«

Es war nicht richtig, dass Frau Takanashi sich die Schuld gab und sagte, es sei ihr selbst anzulasten. Als ich ansetzte, dies auszusprechen, schüttelte Hayari langsam und traurig den Kopf. Warum durfte ich das nicht sagen? Die ungesagten Worte schmeckten bitterer als der Kaffee, den ich trank.

Frau Takanashi musste sich noch viel bitterer fühlen. Trotzdem hörte sie nicht auf, den bitteren Kaffee zu trinken, was ich nicht verstehen konnte.

»Sie denken, dass Sie selbst den entscheidenden Fehler gemacht haben, nicht wahr?«, sagte Herr Higure, um mir eine Erklärung zu geben.

»Ja … Ich hasste meine Mutter damals, dabei hatte ich sie eigentlich doch so lieb. Deswegen habe ich sofort bereut, die Kekse weggeworfen zu haben. Aber mein Vater hatte mich schon von ihr weggezerrt und erlaubte mir nicht, zurückzugehen und sie wieder herauszuholen …«

Es war, als ob die Narben dieser Zeit noch immer auf ihrer Haut zu sehen wären. Frau Takanashi sah auf ihr Handgelenk hinab. Auch wenn die Situation von Erwachsenen geschaffen worden war, hatte doch sie selbst die Wahl getroffen und den entscheidenden Moment herbeigeführt. Frau Takanashi vergrub ihr Gesicht in den Händen.

»Es ist schmerzhaft, an jemanden zu denken, den man liebt. Das war wahrscheinlich für meine Mutter genauso wie für mich. Deshalb habe ich beschlossen, einfach weiterzuleben und es zu verdrängen.«

Weil sie ihre Mutter so gern gehabt hatte, konnte sie jedoch nicht mit der Reue und der unerfüllten Sehnsucht leben.

»Könnte ich nur noch einmal in die Vergangenheit zurückkehren! Ich würde die Kekse ganz gewiss nicht mehr wegwerfen. Ich würde meine Mutter umarmen und nie mehr ihre Hand oder ihre Liebe loslassen …«

Irgendwann hatte sich der Regen draußen in einen feinen Nieselregen verwandelt. Das Einzige, was zu hören war, war das Bullern des Ofens und Frau Takanashis leises Schluchzen. In dieser stillen und traurigen Atmosphäre wollte ich sofort etwas ändern. Das war ja alles viel zu traurig.

»Wie wäre es mit einer weiteren Tasse Kaffee, Frau Takanashi?«, fragte Hayari sanft.

»Hm?«

»Es gibt einen Kaffee, auf den ich Sie gerne einladen würde.«

»Mich?«

»Ja. Es ist eine French Press, es wird also etwas Zeit brauchen.«

»Zeit ist überhaupt kein Problem. So wie ich gerade aussehe, kann ich mich sowieso nicht ins Geschäft stellen.«

Frau Takanashi hob den Kopf, wischte sich die Tränen mit dem Handrücken ab und zwang sich zu einem Lächeln.

Hayari lächelte zurück und sagte dann: »Was halten Sie denn von einem kleinen Traum? Stellen Sie sich während der Zubereitung dieses Kaffees vor, dass Sie in die Vergangenheit zurückkehren. Zu dem Zeitpunkt, als Sie sich von Ihrer Mutter verabschiedet haben, und dass Sie nur für ein paar Sekunden alles ändern können … ein solcher Traum.«

Langsam goss sie das heiße Wasser in die French Press. Der Duft von Kaffee breitete sich aus, begleitet von dem leisen Geräusch des Wassers und dem fernen Ticken einer Uhr.

»Schließen Sie die Augen. Träumen Sie ... einen kurzen Traum.«

6

Das Ticken der Uhr hallte in meinen Ohren wider. Als es allmählich leiser wurde, hörte ich stattdessen das Lachen von Kindern. Ich öffnete die Augen und sah in einiger Entfernung den Fernsehturm, der sich hoch in den Himmel reckte. Ich war im Odori-Park. Ich drehte mich hastig um und sah Kinder, die fröhlich um eine schwarze, röhrenförmige Skulptur und eine große Rutsche herumspielten. In dieser sepiafarbenen Welt – Kirschbäume und Flieder waren gerade verblüht – fielen Sonnenstrahlen durch die Bäume auf die Bänke.

»Sieh es endlich ein, Shima! Ena will dich nie wiedersehen!«

In dieser friedlichen Welt, erfüllt von freundlichen Bäumen und dem Lachen der Kinder, erklang plötzlich ein wütendes Gebrüll. Vor einem Mann stand eine Frau, die Frau Takanashi sehr ähnlich sah und kurz davor war, in Tränen auszubrechen.

»Wirf das weg, Ena!«, brüllte der Mann wieder, sodass Vögelchen aufgeschreckt davonflatterten.

»Wirf das weg! Los! Wirf es selbst weg! Ein Geschenk von diesem Weib gehört in die Tonne!«

Der Mann schrie diesmal das kleine Mädchen an, das neben ihm stand. Im Gegensatz zu dem Vogel konnte das Mädchen nicht weglaufen. Es weinte. Die Frau, die zusah, weinte ebenfalls.

»Ena! Himmeldonnerwetter!«, rief der Mann mit noch lauterer Stimme. Nein, er befahl es. Das Mädchen, das vor Schreck zusammenzuckte, warf hastig das Päckchen in den Müll.

»Ach …«, stöhnte die Frau traurig. Das Gesicht des Mädchens war tränennass. In diesem Gesicht erkannte ich die Züge von Frau Takanashi, die gerade noch vor mir geweint und gelächelt hatte.

»Hast du es verstanden? Wehe, ich erwische dich noch einmal in der Nähe von dem Kind!«, sagte der Mann triumphierend lächelnd.

Es war nicht Frau Takanashi, die das Geschenk weggeworfen hatte, sondern ihr Vater hatte sie dazu gezwungen! Frau Takanashi traf gar keine Schuld!

»Ena! Komm!«, rief der Mann.

»Aber …«, piepste die Kleine.

»Dieses Weib ist eine miese Schlampe, die lieber irgendwelchen dahergelaufenen Kerlen nachrennt, anstatt sich um ihr eigen Fleisch und Blut zu kümmern, das weißt du doch!«

Schmutzige Worte hallten durch den wolkenlosen Himmel. Das kleine Mädchen, Frau Takanashi als Kind, weinte, und ihre Lippen formten deutlich die Worte »Mama«.

»Ena …«, sagte die Mutter und streckte die Hand nach ihrem Kind aus.

»Abmarsch! Wir gehen!«, blaffte der Vater und packte Frau Takanashi grob am Arm, um sie wegzuzerren.

»Das darf nicht wahr sein …«, murmelte ich verzweifelt. *Wenn das so weitergeht, wird sich Frau Takanashis Vergangenheit nicht ändern. Genau wie bei Yukie wird sich gar nichts ändern!*

Sie hatte Angst. Sie konnte sich nicht gegen ihren Vater durchsetzen. Diese Person hatte ihre Erinnerungen so sehr beeinflusst, dass sie Angst hatte. *Aber so kann es nicht bleiben ... Es darf nicht so bleiben!*

»Warten Sie!«, rief ich und rannte los.

»Himari!«, hörte ich Hayaris Stimme entsetzt hinter mir, aber ich konnte nicht anhalten. Nein, ich durfte nicht anhalten. Die Zeit war knapp. Jetzt oder nie. Dies war die einzige Chance!

Ich rannte direkt zum Mülleimer – ich wollte nicht zulassen, dass Frau Takanashi das Geschenk wegwarf.

»Hey! Du hast das hier vergessen!«, rief ich und schnappte mir das weggeworfene Päckchen. Dann rannte ich zu Frau Takanashi.

»Was? Das ist für die Tonne –«

»Nein! Für die Kleine ist das wichtig!«, fiel ich dem Vater ins Wort. Der grob aussehende Vater wirkte einschüchternd, aber das war mir egal.

Seit frühester Kindheit hatte ich vor viel strengeren Lehrern gestanden, die noch größer und einschüchternder waren. Im Vergleich dazu wirkte Frau Takanashis Vater klein und irgendwie armselig.

Ich starrte ihn entschlossen an, wodurch es ihm einen Moment lang die Sprache verschlug. In dieser kurzen Pause drückte ich dem Kind das Päckchen in die Hand.

»Das ist etwas Wichtiges, nicht wahr? Gib es niemals auf. Das ist die Verbindung zwischen dir und deiner Mutter.«

Frau Takanashi blinzelte irritiert. Hayari hatte einmal gesagt, dass das oft der Fall war, wenn sie in die Vergangenheit zurückkehren. Die Erinnerungen und

Gefühle der Vergangenheit und der Zukunft vermischten sich, und es war schwer, orientiert zu bleiben.

»Danke«, sagte Frau Takanashi schließlich und blickte mich an. Es schien, als hätte sie sich daran erinnert, was sie eigentlich hatte tun wollen und welche Zukunft sie sich wünschte. Sie nickte mir entschlossen zu und rannte direkt auf ihre Mutter zu.

»Mama!«

»Ena!«, rief ihre Mutter und schloss das Kind fest in die Arme.

»Mama! Es ist okay. Ich schaff das!«, sagte Frau Takanashi laut und deutlich und sah ihrer Mutter in die Augen.

»Ena …«

»Auch wenn wir getrennt sind, hab ich dich ja trotzdem immer in meinem Herzen, Mama. Ich vergess dich nie. Ich hab dich ja so lieb. Ich möchte, dass du glücklich wirst! An einem sicheren Ort, bei jemandem, der dich wirklich gernhat, Mama. Aber bitte, komm mich unbedingt holen. Ich warte auf dich, weißt du?«

»Ich komm dich holen. Großes Ehrenwort.«

In dem Moment, als sie zur Besiegelung ihres Versprechens ihre kleinen Finger ineinander hakten, verzerrte sich die Welt um sie herum. Das Ticken der Uhr wurde in meinen Ohren wieder lauter und zog mich zurück in die Zukunft, in die Welt nach dem kurzen Moment in der Vergangenheit.

7

Als ich aufwachte, saß ich wieder auf dem Sofa im Tacet. Das Feuer im Kamin prasselte behaglich, und der Duft von Kaffee erfüllte den Raum.

Als ich meinen Kopf hob, sah ich Hayari mit einem ernsten Gesichtsausdruck vor der alten Uhr stehen, die angehalten hatte.

»Hayari?«

Ich schaute mich im Raum um, aber von Frau Takanashi war keine Spur zu sehen. Ich saß alleine auf dem Sofa.

»Frau Takanashi … ist ja gar nicht hier. Was war denn?«

Ich wurde plötzlich unruhig und sah Hayari an. Sie schüttelte nur verärgert den Kopf.

»Ich weiß es nicht.«

»Warum?«

Ich wandte mich an Herrn Higure, der mit gerunzelter Stirn und gesenktem Blick dort stand, als hätte ich etwas falsch gemacht.

Warum? Was ist passiert? Ich habe doch Frau Takanashi geholfen, oder nicht?

»Durfte ich ihr denn nicht helfen? Ist Frau Takanashi trotzdem …?«

»Es gibt nicht viele Möglichkeiten für uns, herauszufinden, was in der veränderten Zukunft passiert«, unterbrach mich Hayari.

Stimmt. Hayari hatte ja auch nicht gewusst, was mit Frau Sugiura in der neuen Zukunft passiert ist.

»Das bedeutet, die Zukunft hat sich verändert, oder? Warum dann …?«

Warum ist sie dann sauer?, fragte ich mich, und Hayari seufzte tief.

»Meine liebe Himari, es stimmt, dass wir die Zeit ein wenig manipulieren können. Aber das ist alles. Wir können nur den Weg weisen.«

»Wie bitte?«

»Die Entscheidung, welchen Weg man geht, liegt bei jedem Einzelnen selbst. Wir sollten nicht in die Vergangenheit eingreifen und sie manipulieren.«

Hayari kritisierte mich dafür, dass ich in Frau Takanashis Vergangenheit eingegriffen und ihr das Päckchen überreicht hatte.

»Aber! Man kann nur einmal zurückkehren, richtig? Wenn sich nichts geändert hätte … wenn es so geblieben wäre …«

Hayari unterbrach mich mit einer ernsten Stimme.

»Noch mal … Für Frau Takanashi hat sich die Zukunft verändert. Glücklicherweise hat sie die Chance nicht ungenutzt gelassen, wie Yukie es getan hat. Aber auch so sollten wir, denen die Macht gegeben wurde, nicht einfach nach unserem Gutdünken das Schicksal anderer Menschen verändern.«

»Aber!«

In diesem Moment klingelte die Ladenglocke.

»Willkommen.«

Herr Higure begrüßte den Gast wie gewohnt.

»Ah …«

Mir stockte der Atem.

»Entschuldigung, ich werde nächsten Monat hier in der Nähe eine Konditorei eröffnen. Dürfte ich ein paar Flyer hier auslegen?«, sagte die Frau und stellte vorsichtig den nassen Regenschirm in den Ständer, damit er im Café keine Pfützen verursachte.

Es war Frau Takanashi.

»Eine Konditorei?«

Herr Higure sprach mit der gleichen Fremdheit, als würde er sie zum ersten Mal treffen – was in dieser neuen Zukunft ja auch der Fall war.

»Ja, wir haben uns auf süßes Gebäck spezialisiert. Ich plane Sets, die perfekt für einen Spaziergang in Moerenuma sind.«

Sie holte eine Visitenkarte und einen Flyer aus ihrer Tasche. Darauf waren eine niedliche Illustration von zwei weißen Vögeln und der Name der Konditorei: »Shima-Ena«.

»Was für ein süßer Laden«, sagte Herr Higure.

Frau Takanashi lächelte fröhlich.

»Ich heiße Ena [der Name bedeutet Ewige Liebe – Anm. d. Übers.], und meine Mutter, mit der ich die Konditorei betreibe, heißt Shima [der Name bedeutet so etwas wie Entschlossene Widerstandskraft – Anm. d. Übers.].«

»Verstehe … also ein Geschäft von Shima und Ena.«

Sofort schossen mir die Tränen in die Augen. Hayari seufzte kurz und strich mir sanft über den Kopf.

»Ein Konditorei, wie schön. Ach … Der Kaffee ist gerade fertig geworden. Darf ich Ihnen zur Begrüßung ein Tässchen anbieten?«

Hayari ging mit der French Press in der Hand zur Theke.

»Oh, wirklich?«

»Ja, unbedingt! Wie wäre es zur Feier der Eröffnung mit einer speziellen Shima-Ena-Röstung? Wir könnten Ihr Gebäck auch hier als Teegebäck anbieten, das wäre doch gute Werbung für Ihr Geschäft. Kaffee und köstliches Gebäck passen schließlich wunderbar zusammen, wie ein Liebespaar«, sagte Hayari und wechselte geschickt zum geschäftlichen Thema.

Ich war erstaunt und dachte darüber nach, wie Hayari und die anderen bisher mit der sich jeweils ändernden Zukunft umgegangen waren.

Die Veränderung, die durch die wenigen Sekundenbruchteile hervorgerufen wurde, brachte mir das gleiche Bild wie beim ersten Treffen: Frau Takanashi und Hayari unterhielten sich angeregt über Kaffee. Ich lächelte, als ich die zwei niedlichen Vögelchen an der Haarnadel in Frau Takanashis Haar wippen sah. Obwohl Hayari mich gescholten hatte, war ich dennoch froh, die Vergangenheit geändert zu haben – dieses Gefühl bestärkte mich, als ich das strahlende Gesicht von Frau Takanashi sah.

WALZER –
DIE VIERTE TASSE:

Ein

Walzer

mit

dem

Mond

1

Der Sommer in Obihiro war extrem heiß. Im Vergleich zu den tiefblauen Himmeln und der sengenden Sonne, die die Hitze geradezu auf die Haut brannte, schien der Sommer in Sapporo ein wenig gemäßigter zu sein. Auch die Farbe des Himmels wirkte irgendwie heller.

Es war Mitte Juni, der Wetterfrosch im Fernsehen hatte einen heißen Tag vorhergesagt, aber der Himmel war eher ein lebhaftes Hellblau als ein tiefes Blau, und die Morgenluft war angenehm frisch.

Obwohl ich anfangs solche Angst vor der Schule gehabt hatte, war es jetzt gar nicht mehr so schlimm. Aber wenn man mich gefragt hätte, ob ich gern zur Schule ging, wäre die Antwort wohl nicht so eindeutig ausgefallen.

Meine Klassenkameraden waren freundlich, dachte ich. Ich wurde nicht gemobbt oder anderweitig schlecht behandelt. Aber auf die Frage, ob ich eine beste Freundin in der Schule hatte, müsste ich wohl mit Nein antworten. Natürlich redeten die anderen Mädchen mit mir, wenn ich sie ansprach, und sie grenzten mich nicht aus, aber es gab niemanden, der mit mir jeden Tag abhing.

Ich war noch nie eine Person gewesen, die viele Freunde hatte, aber zumindest in der Grundschule hatte ich ein oder zwei Freundinnen, mit denen ich die

Pausen verbringen konnte. Ich war nicht extrovertiert genug, um mich in bestehende Freundesgruppen zu drängen, die bereits eng befreundet waren.

Hayari meinte dazu lapidar: »Mach dir keine Sorgen, wenn du in die siebte Klasse kommst, werden die Klassen neu gemischt, dann wird alles besser.« Aber das erste Schuljahr an der Mittelschule hatte doch gerade erst begonnen …

Dieses vage Gefühl der Unruhe und Einsamkeit nahm im Juni, als der Sommer sich ankündigte, nach der Sportunterrichtsstunde im Klassenzimmer Gestalt an.

»Also, jeder sucht sich einen Partner, wählt ein Thema und überlegt sich die Choreografie für einen Tanz, den ihr dann vorführt. Jungs, Mädels, bildet bis nächste Woche Paare.«

Unbarmherzig beendete der Lehrer den Unterricht und verließ das Klassenzimmer.

»Argh …«

Mit einem abgrundtiefen Seufzen betrachtete ich die Zettel, die gerade ausgeteilt worden waren. Der Sportunterricht war oft geschlechtergetrennt und gemeinsam mit der Nachbarklasse. Ein Tanzprojekt im Sportunterricht. Schon der Begriff »Tanzprojekt« ließ mir die Gänsehaut den Rücken hinunterlaufen, da ich nicht besonders sportlich war. Und dann auch noch »mit einem Partner« tanzen.

Zu dritt oder zu viert wär's ja noch okay. Oder alleine – nee, auch das ist total peinlich. O Gott! Ich muss alleine tanzen … Ich muss ganz, ganz notwendig einen Partner finden. Mit einem mulmigen Gefühl im Bauch sah ich mich im Klassenzimmer um.

Alle stürzten sich auf ihre bevorzugten Partner, und ich stand allein da.

»Mist.«

Meine »beste« Freundin in der Klasse, Yamane, sprach gerade mit Tani. *Das war ja klar. Hätten wir nicht wenigstens mit Oikawas Klasse zusammengelegt werden können?* Ich hatte mich noch nicht einmal mit den Leuten in meiner eigenen Klasse angefreundet, geschweige denn mit denen aus der Parallelklasse. Manche versuchten nicht einmal, einen Partner in unserer Klasse zu finden, aber die hatten bestimmt Freunde in der Parallelklasse. Zum Beispiel Kazami. Sie saß schräg vor mir und hatte eine Brille. Die hatte bestimmt Freunde in der Parallelklasse. Als ich mich umdrehte, bemerkte ich, dass auch Chitose keinerlei Anstalten machte, jemanden zu fragen … aber den konnte ich ja sowieso nicht einschätzen. Ich hatte ihn noch nie mit Freunden herumalbern gesehen, also hatte er wahrscheinlich auch niemanden … Aber selbst wenn wir ein Mädchen-Junge-Team hätten bilden dürfen, hätte ich mich nie im Leben getraut, Chitose zu fragen. *Aber echt! Warum denken sich Lehrer nur so fiese Unterrichtsstunden aus …?*

»Hm?« Plötzlich fiel mir etwas auf. Die Anzahl der Schüler stand ja fest, und wenn ich einfach abwartete, musste am Ende doch jemand übrig bleiben, genau wie ich. Vielleicht musste ich also gar nicht krampfhaft nach jemandem suchen, sondern konnte die Sache einfach aussitzen. Eile mit Weile. Ich dachte ruhig darüber nach und atmete tief durch. *Alles kein Problem … ich kann einfach warten. Ja, das ist voll passiv, aber würde ich mich trauen, in der Parallelklasse reinzustürmen und*

*irgendwelche Leute anzusprechen, die ich kaum kenne,
müsste ich mir sowieso keine Gedanken machen, wie ich
eine Partnerin bekommen soll. Hey, Geduld wird immer
belohnt, oder? Also keine Eile.* Selbst wenn ich am Ende
doch allein blieb – das wäre zwar bedauerlich, aber die
Schuld des Lehrers, der uns gezwungen hatte, Zweier-
teams zu bilden, obwohl es zahlenmäßig gar nicht möglich war. Dann dürfte ich sicher ausnahmsweise mit
Yamane und Tani ein Dreierteam machen. Die beiden
waren so nett, sie würden bestimmt nicht Nein sagen.
Alles wird gut, alles wird gut. Der Plan ist perfekt. Mit
dieser Überzeugung packte ich den ausgeteilten Zettel
ein. Nun ja … ich musste schon zugeben, dass mich
diese Situation bedrückte, aber zum Glück war heute
wegen einer Lehrerkonferenz oder Ähnlichem schon
direkt nach dem Mittagessen Schulschluss. Und daher
wollte ich gleich wieder ins Tacet. Ich freute mich über
diese geheime Verbindung zu den anderen, die dieselbe
Fähigkeit besaßen, obwohl wir nicht mal verwandt waren. Nun gut. Kaffee schmeckte mir trotzdem noch
nicht. Dabei hatte heute der Geschichtslehrer im Unterricht kurz über die Geschichte des Kaffees gesprochen.
Der erste Mensch, der in Japan Kaffee getrunken hatte,
war wahrscheinlich ein Arzt und Dolmetscher für die
niederländische Sprache in der Edo-Zeit. Wenn ich
mehr über Kaffee wüsste, könnte ich mich vielleicht
mehr mit Hayari und Herrn Higure unterhalten. Und
so beschloss ich, noch in die Bibliothek zu gehen, bevor
ich ins Tacet fuhr.

Meiner Mutter passte es nicht, dass ich, kaum dass
ich zu Hause war, auch schon wieder loswollte.

»Aber ich habe vor, mit Schulfreundinnen in der Bibliothek zu lernen …«, rechtfertigte ich mich, aber meine Mutter sah immer noch skeptisch aus. Sie wusste ja, dass ich nie besonders gesellig gewesen war.

Nur, die Wahrheit konnte ich ihr ja schlecht sagen …

»Die Lernerei ist schön und gut, aber du musst auch bald wieder mehr Klavier üben. Verstanden?«

Sie beäugte mein Verhalten misstrauisch, und das Klavierspielen schien ihr wichtiger zu sein als meine sozialen Kontakte.

Ich wusste keine Antwort und konnte weder »Ja« noch »Nein« sagen. Daher holte ich schweigend mein Fahrrad aus der Garage und brach auf.

Die Sommersonne brannte mir auf den Nacken.

Es fühlte sich gut an, gegen den Wind zu fahren.

Neulich hatte Hayari gesagt, wie schön es sei, mit dem Fahrrad um den Moerenuma-See zu fahren. Man konnte sich dafür sogar Räder leihen.

Obwohl ich oft ins Tacet ging, bin ich bisher nur am Moerenuma-Park vorbeigefahren oder habe die Spitze der Glaspyramide betrachtet. Vielleicht sollte ich das an meinem nächsten freien Tag nachholen.

So schön war das Wetter heute.

Zu heiß war auch nicht gut, aber die Sonne ließ mich meine Sorgen über den Sportunterricht vergessen … dachte ich, und schon war ich wieder hart auf dem Boden der Tatsachen gelandet.

Ach ja … der Sportunterricht. Was tu ich denn jetzt …

Ich müsste mich einfach mit der letzten übrig gebliebenen Person zusammentun, aber was, wenn sie mich nicht mochte? Was, wenn ich sie nicht mochte? Klar, ich war in keiner Position, wählerisch sein zu können. Diese immer wiederkehrenden Gedanken plagten mich immer noch, ich stieg vom Fahrrad und wollte gerade die Bibliothek betreten.

»Ach, Misaki?«

Am Eingang drehte ich mich zu einer unbekannten Stimme um.

»Ja?«

Dort stand ein Mädchen, das ich kannte. Sie hielt ein Buch an ihre Brust gedrückt.

»Ah … ähm … Kazami …?«

Es war Tsukiko Kazami aus meiner Klasse, die mich angesprochen hatte.

»Gut, ich dachte schon, du erkennst mich nicht.«
Sie lachte leise.

Unter den Mädchen in der Klasse fand ich sie nett.

Aber wir hatten uns noch nie direkt unterhalten.

»Nein, ich war abgelenkt … das ist ein schönes Buch.«

Ich wusste nicht, was ich sagen sollte, also sprach ich einfach das Offensichtliche an. Das schwarze gebundene Buch hatte eine wirklich schöne Aufmachung, sogar mit einem silbernen Spiegel in der Mitte des Umschlags.

»Schon, oder? Ich liebe Michael Ende.«

»Der mit *Momo?*«

»Genau, das hier ist *Der Spiegel im Spiegel: Ein Labyrinth* … Liest du auch gerne, Misaki?«, fragte Kazami neugierig.

»Ah … ja, schon.«

Bücher waren eines der wenigen Vergnügen, die mir meine Mutter erlaubte, weil ich mir beim Lesen nicht die Hände verletzen konnte. Allerdings kam ich nicht oft dazu, denn für sie war Lesen auch eine Form von »Klavier schwänzen«.

»Kommst du oft her, um dir Bücher auszuleihen?«

»Nein ... Ich war nur mal mit meiner Mutter hier. Aber ich denke, ich möchte in Zukunft öfter kommen ...«

»Dann werden wir uns hier wohl wiedersehen. Was hast du dir ausgeliehen? Oder bist du auf der Flucht?«

»Auf der Flucht?«

»Ja, in meinem Fall ist es so. Weißt du, wenn man einen brillanten Bruder hat, ist es für die Schwester schwierig. Besonders bei Zwillingen.«

»Zwillinge?«

»Oh, stimmt. Das wusstest du nicht.«

»Was? Oh, nein ...«

Kazami erzählte mir, sie habe einen Zwillingsbruder, der anscheinend sehr gute Noten hat. Er hatte in der Grundschule die Abschlussworte sprechen dürfen, und jeder, der von derselben Schule kam, kannte ihn.

»Und außerdem sind wir eine ziemlich enge Familie, daher ist die Familienintensität sehr stark. Manchmal nervt das total! Und dann komme ich in die Bibliothek.«

»Familienintensität ...«

Das war ein Wort, das ich zum ersten Mal hörte.

Aber ich verstand, was sie meinte, und war ein bisschen neidisch.

Auch dieses Gefühl von »Es nervt total!« konnte ich irgendwie nachvollziehen.

»Ja, es ist wie eine permanente Überwachung, nicht wahr? Das geht einem ordentlich auf den Keks.«

»Genau! Das ist es! Ist es bei dir zu Hause auch so, Misaki?«

»Meine Eltern sind geschieden, und mein Vater arbeitet im Ausland … Mit meiner Schwester verstehe ich mich nicht besonders gut … Aber ich verstehe das Gefühl, nicht überwacht werden zu wollen. Meine Mutter sagt zu allem Nein und hört mir überhaupt nicht zu.«

»Ah, wenn man dann was sagt, heißt es gleich: ›Ach, bist du in der Pubertät?‹, und sie lachen einen aus, oder? Man denkt sich doch, wenn etwas nervt, dann nervt es, also hör auf, mich auch noch zu verspotten.«

»Hmm … Ja, so in etwa …«

Obwohl ich bislang nie wegen einer vermeintlichen Pubertätsphase verspottet worden war, gab es Momente, in denen ich das Gefühl hatte, dass meine Worte als kindisch abgetan wurden.

»Ich bin meinen Eltern dankbar, aber manchmal wünsche ich mir einfach, dass sie mir richtig zuhören!«

»Ja …«

Ich nickte, und Kazami lachte und sagte: »Das ist echt nervig.«

Vielleicht lag es an der Brille mit dem dicken Rand, aber in ihrer Schuluniform sah sie nicht besonders gut aus.

In der Schule war sie nicht unbedingt eine Außenseiterin, aber sie fiel auch nicht auf.

Doch jetzt, in Kapuzenpulli, Jeans und mit ihrem kurzen Bob, wirkte sie viel lebendiger, und ihr Lächeln war sehr sympathisch.

Für einen Moment dachte ich: *Es wäre schön, wenn ich mit ihr tanzen könnte.*

Aber in der Mittagspause ging sie immer zu ihren Freundinnen aus der Parallelklasse.

Mit denen würde sie sicher auch tanzen. Auf einmal fühlte ich mich unheimlich einsam und wollte sofort ins Tacet. Ein Buch über Kaffee konnte ich mir später immer noch holen. Ich wollte blitzartig irgendwohin flüchten, wo ich willkommen war.

»Also dann, man sieht sich in der Schule«, beendete ich das Gespräch und verließ die Bibliothek.

»Was? Du gehst schon?«

Kazami sah mich überrascht an und packte mich fest am Handgelenk. »Was ist los?«

Auch ich war so überrascht, dass ich nicht anders konnte, als stehen zu bleiben.

»Ähm, also! Ich dachte, vielleicht hast du noch niemanden zum Tanzen, Misaki!«

»Was?«

»Na, in Sport. Yamane tanzt doch sicher mit Tani, oder? Ich dachte, du hast vielleicht niemanden … Und dann … dann würde ich gerne mit dir tanzen …« Kazami verstummte.

Ich war überrascht.

Kazami lud mich ein? Konnte das wirklich so günstig für mich sein? Sonst wischten mir die Götter doch zu gern eins aus.

»Warum?«

Vielleicht klang ich zu misstrauisch, denn Kazami blinzelte unsicher.

»Bist du jetzt sauer?«

»Nein, das ist es nicht … Ich dachte nur, du hättest schon eine Partnerin, Kazami.«

»Ah, du meinst Kei.«

»Ja.«

Kei … eigentlich hieß sie Keiko oder so ähnlich.

Aber Kazami schwieg, als wüsste sie nicht, was sie antworten sollte.

»Du musst nicht unbedingt mit mir tanzen. Du kannst auch mit jemandem tanzen, mit dem du gut befreundet bist ...«

»Das stimmt, aber ... Kei wollte nicht. Sie hat schon jemanden gefunden.«

»Was?«

Kazami lächelte gequält und vertraute mir an: »Wir waren seit der Grundschule zusammen, aber wenn man nicht mehr in derselben Klasse ist, läuft es manchmal nicht mehr so gut! Na, nicht zu ändern. Das ist einfach so.«

Es war ein trauriges Lächeln, das zu sagen schien: Ich verstehe es zwar rational, aber mein Herz kann es nicht akzeptieren.

»Verstehe.«

Obwohl es auch Fächer wie Sport gab, die in zwei Klassen gemeinsam unterrichtet wurden, fand der Unterricht normalerweise klassenweise statt. Es war ganz natürlich, dass sich die Freundschaften veränderten, wenn man in der neuen Klasse neue Freunde fand. Es war zwar bedauerlich, aber unvermeidlich, dass neue Freundschaften Vorrang bekamen.

»Ah, ähm! Es ist nicht so, dass ich dachte, du hättest niemanden, Misaki!«

»Wirklich?«, erwiderte ich mit einem gequälten Lächeln, da es Kazami so hastig hervorgebracht hatte.

»Es stimmt, dass ich mich noch nicht wirklich eingelebt habe ...«

»Ja, aber das ist nicht der Punkt! Du warst jetzt nicht die allerletzte Wahl, sondern ich wollte schon immer mal mit dir reden, Misaki, und deshalb ...«

»Mit mir?«

»Ja.«

Falls das stimmt, freut mich das total.

»Ah … war das jetzt komisch?«

»Nein. Ich habe mich nur gefragt, warum du mit mir reden möchtest.«

Unwillkürlich musste ich grinsen. Ich verstand die Situation und hätte mich auch ohne diese merkwürdige Ausrede gefreut, ihre Tanzpartnerin zu sein.

»Ich habe Verwandte in Obihiro.«

Nach einem kurzen Zögern errötete sie leicht und sagte zu mir: »Und als ich einmal meine Verwandten besuchte, sah ich bei irgendeinem Festival ein Mädchen in meinem Alter, das unglaublich gut Klavier spielte.«

»Was? Das heißt …«

»Ja.«

»Das war so toll, dass ich auch Klavier spielen wollte, und danach habe ich zum Geburtstag ein E-Piano bekommen. Eines mit leuchtenden Tasten! … Na ja, aber ich hab es nie richtig gelernt«, sagte Kazami lachend.

»Aber als du an unsere Schule gewechselt bist, habe ich es sofort erkannt. ›Das ist das Mädchen vom Klavier damals!‹«, fuhr sie fort.

Da es schon so lange her war, konnte ich mich ehrlich gesagt nicht mehr daran erinnern, bei welchem Fest es gewesen war. Wenn jemand von der Zeit sprach, als ich noch Klavier spielen konnte, gab es mir einen heftigen Stich in der Brust. Trotzdem war ich sehr glücklich, dass sie sich so an mich erinnerte. So glücklich, dass es mir fast peinlich war.

»Warum hast du mir das nicht gesagt?«, fragte ich.

»Weil ich gehört hatte, dass du im Ausland gelebt hast und im Fernsehen aufgetreten bist … Ich hab befürchtet, du findest es lästig, wenn jemand wie ich dich anquatscht.«

»Das ist Unsinn! Ich bin nur widerwillig auf Drängen meiner Mutter und meines Lehrers ins Ausland gegangen, und im Fernsehen war ich nur als kleines Kind, ohne wirklich zu verstehen, was ich tat, und habe einfach den Erwachsenen gehorcht!«

Vielleicht hatte sie sich Sorgen um meine Hand gemacht – tatsächlich schaute Kazami während des Gesprächs auf meine bandagierte linke Hand.

»Und das macht dir wirklich nichts aus?«

»Nein. Außerdem hatte ich Probleme, einen Tanzpartner zu finden. Ich dachte schon, ich müsste einfach den letzten nehmen, der übrig bleibt … Also, wenn du wirklich mit mir tanzen willst, würde ich mich freuen.«

Das wäre wirklich schön, dachte ich.

»Also, hast du jetzt Zeit?«

»Hm …?«

»Gehen wir doch in ein Café oder so in der Nähe und quatschen ein bisschen! Hattest du etwas vor? Ich bin heute nur hier, um dieses Buch zurückzugeben.«

Obwohl ich von der plötzlichen Einladung überrascht war, wollte ich mich noch ein bisschen mehr mit Kazami unterhalten. Nicht nur über die Tanzvorbereitungen.

»Klar … voll gerne. Auch wenn es ein bisschen weiter weg ist …«

»Wohin sollen wir gehen? Bist du mit dem Fahrrad hier? Wie wäre es mit dem Food Court im Ario? Da gibt es einen McDonald's und einen Mister Donut.«

Ich hatte eigentlich vorschlagen wollen, ins Tacet zu

gehen, aber sie machte so enthusiastisch Vorschläge, dass ich meine Worte hinunterschluckte.

»Ah … ja, das klingt gut.«

Außerdem kostete eine Tasse Kaffee im Tacet etwa fünfhundert Yen. Es wäre nicht richtig, wenn ich mit einer Klassenkameradin dorthin gehe und sie mich einladen müsste. Es wäre besser, irgendwohin zu gehen, wo es freundlicher für unsere Portemonnaies wäre.

Zusammen mit Kazami, die rasch ihr Buch zurückgegeben hatte, verließ ich die Bibliothek im Eiltempo. Die Sonne schien extrem grell. Obwohl es erst Juni war, roch es draußen schon nach Sommer.

2

Wir gingen zum großen Einkaufszentrum in der Nähe des Rathauses und ließen uns im belebten Food Court im ersten Stock nieder. Wir hatten Hunger und entschieden uns daher für ein Hamburger-Menü. Dank der vielen Mütter mit kleinen Kindern an diesem Nachmittag unter der Woche waren die Pommes, die wir nach einer kurzen Wartezeit bekamen, frisch und knusprig, so heiß, dass sie auf der Zunge prickelten und unglaublich gut schmeckten. Vielleicht lag es auch daran, dass ich vorher geschwitzt hatte, aber so köstliche Pommes hatte ich noch nie gegessen – oder vielleicht lag es daran, dass ich mit einer »Klassenkameradin« und »allein zu zweit« im Food Court einen »Snack« genoss. Als Getränk wählte ich keinen Kaffee, sondern einen Orangensaft, süß mit einer leichten Säure. Das ließ mich erneut erkennen, dass ich im Tacet Yuguredo ein wenig über meine Verhältnisse lebte.

Kazami hatte offenbar aufrichtiges Interesse an mir und bombardierte mich seit einer Weile mit Fragen. Irgendwie freute mich das.

»Du hast doch in England studiert, oder? Sprichst du fließend Englisch?«

»Nein. Im Alltag war das schwierig. Ich hab im Internat gewohnt, und dort gab es japanische Mitarbeiter für uns, sodass ich im Notfall Japanisch sprechen konnte.

Deshalb habe ich fast nur musikalische Fachbegriffe gelernt.«

Ich erklärte ihr, dass ich Wörter, die nicht im Unterricht verwendet wurden, nicht wirklich verstand und dass ich mich eher mit Händen und Füßen verständigt hatte. Man konnte kaum behaupten, dass ich Englisch sprach. Kazami beugte sich zu mir, ohne mich auszulachen.

»Wow, das ist beeindruckend! Das war ja voll die Lebenserfahrung!«

Kazami, die gut zuhören und loben konnte, sah mich bewundernd an und klatschte in die Hände. Etwas verlegen zog ich den Kopf ein, aber ihre Fröhlichkeit löste meine Anspannung.

»Eigentlich habe ich wirklich nur jeden Tag Klavier gespielt.«

»Gibt es wirklich keine Grenzen in der Musik?«

»Hm, eigentlich schon. Beim Klavierspielen sind Körpergröße und andere körperliche Merkmale wichtig. Ich bin klein und habe kleine Hände und kurze Finger, deshalb konnte ich viele Stücke gar nicht spielen. Bei Chopin zum Beispiel, bei dem man oft Oktaven hintereinander spielen muss, ist man danach unglaublich erschöpft, weil man den ganzen Körper einsetzen muss.«

»Ach so, es ist also ein Ganzkörpersport. Misaki, du bist wirklich klein und kompakt, aber süß.«

Klein und kompakt ... Das war einer der Gründe, warum die Götter nicht freundlich zu mir waren. Egal, wie sehr ich mich anstrengte, meine Größe war nicht zu ändern.

Ich schaute immer neidisch auf die Kinder, die wuchsen, deren Arme und Beine länger wurden und die immer mehr Stücke spielen konnten.

»Und dann ist da noch die Ausstrahlung … etwas wie Emotionen … meine eigene Art?«

»Also so etwas wie Persönlichkeit?«

»Ja. Es hieß immer: ›Du bist so brav. Trau dich doch mal. Nur keine falsche Scham!‹«

Das hatte mich am meisten frustriert, als ich ins Ausland ging: Nicht nur einfach nach den Noten gut zu spielen, sondern dass es auch etwas wie Ausstrahlung gab.

Das war für mich schwierig.

»Die Erwachsenen bildeten sich immer ein, ich würde sicherlich emotionaler werden, sobald ich im Ausland sei … Aber wenn man einfach nur anderswohin zieht, ändert man sich nicht automatisch, oder?«

Schon die Sprache war schwer genug zu vermitteln.

»Ich verstehe das irgendwie. Ich würde mich auch schämen, so etwas zu tun … so zu sein.«

»Nicht wahr?«

»Warst du schon mal verliebt?«

Selbst wenn sie mich das jetzt fragte, war ich damals doch erst in der fünften oder sechsten Klasse gewesen.

Hatte sie das jetzt wirklich ernst gemeint?

Als ich mit einem missmutigen Gesicht antwortete, riss Kazami die Augen auf.

»Was? Wirklich nicht?«

»Was?«

»Wie, was?«

Wir starrten uns beide verwirrt an.

»Hat dir denn noch nie ein Junge aus deiner Klasse oder ein Freund aus dem Kindergarten gefallen?«

Was? Was? Was?

»D… das ist vielleicht nicht oft vorgekommen …«

Meine Stimme wurde leiser.

»Echt jetzt …«

»Hmpf …«

Für einen Moment herrschte eine unangenehme Stille.

Aber dann fing Kazami plötzlich an zu kichern.

»Wenn nicht, dann ist es eben so! Liebe kann man eben nicht erzwingen!«

»Hm … aber … hast du dich denn schon mal verliebt, Kazami?«

»Ja, klar, oft sogar! Ich verliebe mich schnell, schon wenn ich mit jemandem rede, mag ich ihn sofort!«

»So wie Beethoven?«

»Beethoven war also ein hoffnungsloser Romantiker? Wie es sich für einen Mann des Schicksals gehört.«

»Ja. Er gab Töchtern des Adels Klavierunterricht und verliebte sich regelmäßig in seine Schülerinnen.«

Während ich das erzählte, dachte ich, dass aus diesen vielen »Lieben« und »Liebeleien« viele Meisterwerke entstanden waren. Vielleicht war die Liebe doch wichtig. Kazami lachte und meinte: »Das ist genau die Art von Lehrer, die am meisten Probleme macht. Hast du dich schon mal in einen Lehrer verliebt, Misaki?«

»Hmm. In Japan hatte ich nur Lehrerinnen, und vor den Lehrern in England hab ich immer eine Heidenangst gehabt. Als Grundschülerin hab ich die Sprache nicht gut verstanden, und die waren alle so groß und Respekt einflößend.«

»Verstehe.«

Kazami schien mit meiner Antwort zufrieden zu

sein. Aber vielleicht verliebten sich die meisten Menschen doch ein bisschen öfter …

»Weißt du, solche Dinge passieren nicht im Kopf, oder? Es ist eher wie eine Begegnung, oder vielleicht Schicksal?«

»Meinst du?«

Kazami versuchte, mich aufzumuntern, als ich mich unwillkürlich niedergeschlagen fühlte.

»Genau. Wenn du tatsächlich jemanden triffst und dich verliebst, dann geht es bei dir sicher auch ganz schnell, Misaki. Du wirst bestimmt hin und weg sein.«

»Meinst du?«

»Ja. Liebe passiert in einem Augenblick. Du fliegst hoch in die Luft, und dann wirst du abgeschossen. Du stürzt ab. Zack! Bumm!«

»Zack! Bumm …«

Ich verstand es irgendwie und irgendwie auch nicht.

»Es gibt keinen Grund, warum man sich verliebt. Am Ende ist das alles nur nachträgliche Rationalisierung. Man mag jemanden. Fertig! Mehr ist nicht dahinter.«

»Wenn dein Herz so stark klopft, dass du es nicht mehr aushältst, dann kannst du nichts mehr dagegen tun. Ich meine, ich verliebe mich ja schon, wenn ein Star bei einer Musikshow einen tiefen Blick in die Kamera wirft.«

»Sogar im Fernsehen?«

»Wenn jemand dir direkt gegenübersteht, dir in die Augen schaut, ihr euch anseht und du seine Stimme hörst … dann wirst du ihn bestimmt mögen, auch wenn es nur für einen Moment ist.«

»So einfach?«

»Ja, so einfach. Unterschätz Beethoven nicht.«

»Vielleicht ist das sogar beeindruckender als Beethoven.«

Unwillkürlich musste auch ich lachen, und wir kicherten beide.

Es gibt keinen Grund, jemanden zu mögen – vielleicht gilt das nicht nur für die Liebe, sondern ebenfalls für Freundschaft?

Ich hatte Kazami jedenfalls sofort ins Herz geschlossen. Der erste Schritt dazu war wahrscheinlich nicht nur diese Begegnung heute. Schon vorher war sie mir nicht unsympathisch gewesen, deshalb hatte ich mir ihren Namen gemerkt, und wer ihre Freundinnen waren. Wahrscheinlich wollte ich auch deshalb mit ihr tanzen.

Ich kann Gründe nennen, warum ich bestimmte Musik oder Bücher mochte. Jedes Mal, wenn ich sie zum ersten Mal hörte oder las, schlug mein Herz höher.

Bei Kazami muss es genauso gewesen sein. Weil mein Herz schrie: »Ich mag sie«, wollte ich mit ihr befreundet sein.

Kazami lachte – in einem »Si«.

Ihre etwas dickeren, markanten Augenbrauen.

Ihr großer, fröhlicher Mund.

Ihr langer Hals, die langen Finger, die dick umrandete Brille, ihr schwarzes, seidiges Haar – ich fand alles an ihr süß. Sie gefiel mir.

Ich sah Kazami direkt in die Augen. Sie erwiderte meinen Blick. Kazamis Augen waren hellbraun – mein Herz schlug mir bis zum Hals.

Es stimmt wirklich … es gibt wirklich keinen Grund, jemanden zu mögen.

»Was ist mit Beethoven?«

In diesem Moment wurde unser Lachen von einer Jungenstimme unterbrochen.

Als ich aufsah, stand da ein Junge, den ich nicht kannte – aber irgendwie kam er mir bekannt vor.

Kazami verzog das Gesicht, als sie ihn sah.

»Was ist los? Was willst du hier?«

»Ich wollte in die Buchhandlung gehen, aber dann habe ich ein bekanntes Gesicht gesehen. Du weißt doch, dass wir heute Abend mit dem superguten Fleisch, das wir durch die Heimatsteuer bekommen haben, Sukiyaki machen.«

»Echt? Wirklich?« Kazami runzelte die Stirn – hörte aber nicht auf, eine Pommes nach der anderen zu essen.

»Du isst also weiter?«, bemerkte der Junge und gab ihr einen leichten Klaps auf den Hinterkopf.

»Ach ja, das ist übrigens mein älterer Bruder«, sagte Kazami und zeigte auf den Jungen, als sie bemerkte, dass ich die beiden fassungslos anstarrte.

»Sozusagen«, fügte der Junge hinzu.

»Sozusagen …?«

»Ja. Wir sind per Kaiserschnitt auf die Welt gekommen, also quasi gleichzeitig.«

»Ach so, verstehe …«

»Also, das ist mein Zwillingsbruder Ryuta.«

Ryuta sagte »Hi« und setzte sich auf den freien Platz neben Kazami.

»Warum setzt du dich hin?«

»Damit meine Schwester nicht anfängt zu flennen, wenn sie das Sukiyaki verpasst?«

Ryuta-san griff nach ihren Pommes.

»Dann bezahl mir die Hälfte der Pommes«, schmollte Kazami, aber sie klopfte ihm auch nicht auf die Finger.

»Warum isst du überhaupt hier?«

»Nun, wenn ich es genau sagen müsste, dann wegen einer Besprechung für kreativen Tanz.«

Kazami sah mich auffordernd an, also nickte ich. Na ja … genau genommen waren wir noch nicht so weit.

»Kreativer Tanz, hä? Sportlich warst du doch nie, Tsukko. Nicht nur im Schulsport. Sie lebt nur für die Kunst.«

»Dafür zeichnest du Bilder, bei denen man schon beim Anblick SAN-Punkte [Sanity Points stehen in dem Rollenspiel »Call of Cthulhu« für Geisteskraft – Anm. d. Übers.] verliert.«

»Aber meine Noten in anderen Fächern sind gut, also ist das in Ordnung.«

Obwohl sie nebeneinandersaßen, sahen sie sich nicht so ähnlich, dass man sie sofort als Zwillinge erkannt hätte. Auch ihre Persönlichkeiten und Begabungen schienen unterschiedlich zu sein – und doch wirkten sie einander irgendwie ähnlich.

Ich beobachtete die beiden und bemerkte, warum das so war. Ihre Gesten ähnelten sich. Auch die Art, wie sie sprachen. Beide stützten den linken Ellbogen auf den Tisch und unterhielten sich, während sie sich die Pommes in den Mund stopften, in einem Dreivierteltakt – dem Rhythmus eines Walzers.

Das fand ich allmählich so angenehm, dass ich dachte, ich könnte den beiden ewig zuhören.

»Dann, Ryuta, könntest du dir vielleicht eine Choreografie ausdenken? Du bist doch gut in Sport, oder?«

»Was? Wirklich? Das klingt interessant.«

Ryuta sah nicht Kazami, sondern mich an. Als ob er Bestätigung suchte.

Ich, die das Gespräch der beiden bis dahin amüsiert verfolgt hatte, erwiderte plötzlich seinen Blick. Mein Herz zog sich zusammen.

Ryutas Augen hatten denselben hellbraunen Farbton wie Kazamis – ach, wenn man genau hinsah, ähnelten sich ihre Augenpartien sehr. Beide hatten die gleichen langen Wimpern.

»Wie wäre es? Darf ich mir eine Choreografie ausdenken?«

Voller Erwartung fragte er mich, und ich konnte nur nicken, ich brachte keine Antwort heraus. Vielleicht hatte ich meinen Kopf zu heftig bewegt, denn mir wurde ein wenig schwindelig. Und dann plötzlich ganz heiß. Mein Herz pochte heftig, und ich bekam Ohrensausen.

Ryuta ging nicht auf dieselbe Mittelschule wie wir, sondern besuchte eine Lehranstalt, die sowohl Mittel- als auch Oberschule umfasste und für die man eine Aufnahmeprüfung ablegen musste. Er war nicht nur gut in der Schule, sondern auch der Star der Fußballmannschaft und in anderen Sportarten ebenfalls recht talentiert. Kazami erzählte stolz, dass er schon immer in allem gut gewesen sei.

»Dafür kann Tsukko wirklich gut zeichnen. Schon als Kind hat sie dafür bei Wettbewerben Preise gewonnen, und wenn sie ein Thema mag, ist ihr Gedächtnis ganz außergewöhnlich.«

Ich war ein wenig überrascht, wie die beiden sich gegenseitig lobten. Mir fiel nichts ein, was meine Schwester besonders gut konnte oder wofür ich sie hätte loben können. Und wenn ich einen so offensichtlich talentierten Bruder hätte, könnte ich dann derart freudig darüber sprechen? Wäre meine Reaktion dann nicht in erster Linie Eifersucht?

Bei den beiden war es anders. Vielleicht lag es daran, dass sie Zwillinge waren, oder daran, dass Kazami sehr gut im Loben war, oder sie hatten einfach einen guten Charakter – ich wusste es nicht.

»Misaki spielt Klavier, weißt du? Auch wenn sie jetzt eine Pause macht«, sagte Kazami plötzlich.

»Was? … Ah … ja.«

Ob diese Pause für immer sein würde oder ob sich irgendwann etwas ändern würde, wusste ich nicht.

»Klavier?«, wiederholte Ryuta, als ich unwillkürlich nickte.

»Ja. Misaki macht gerade eine Pause wegen einer Verletzung, aber früher – du weißt doch das eine Sommerfest in Obihiro, als sie …«

»Was? Das jazzige Stück?«

Als ich den beiden so zuhörte, wurde mir endlich klar, wann das gewesen war. Es war während des Festivals in der Arkadenstraße von Obihiro. Eigentlich hätte ich klassische Musik spielen sollen, aber kurz vorher wurde entschieden, dass ich Stücke aus Kino-Soundtracks spielen sollte. Deshalb musste ich in kürzester Zeit viele mir unbekannte Stücke lernen, was meine Laune nicht gerade verbesserte.

Zudem sah es am Veranstaltungstag so aus, als würde das Wetter jeden Moment umschlagen, und es hieß, dass das Festival möglicherweise abgesagt werden könnte. Und das, obwohl ich die Stücke extra gelernt hatte. Meine kleine Schwester genoss das Festival mit unserer Mutter, kaufte Lose und bekam Zuckerwatte, während ich nur kalte, harte Yakisoba und ein paar Spieße Yakitori bekam.

Umgeben von fremden Erwachsenen, würgte ich das Essen zusammen mit ungeliebtem Oolong-Tee hinunter und fühlte mich hundsmiserabel. Deshalb hatte ich bei der Vorführung auch keine Lust gehabt, der Anweisung meiner Mutter zu folgen. Obwohl sie mir gesagt hatte, ich solle sanft und fröhlich spielen, spielte ich grob, verzweifelt und im Jazz-Stil.

So im Nachhinein war es eine schreckliche Vorführung. Aber die Leute, die sich versammelt hatten, fanden es toll und freuten sich so sehr, dass sich auch meine Laune verbesserte. Das letzte Stück des Konzerts war, wenn ich mich recht erinnere, Musik aus einem ganz alten Film. Seitdem hatte ich es nicht mehr gespielt, aber in der Erinnerung mochte ich das Stück eigentlich.

Als ich mir damals bewusst geworden war, dass es das letzte Stück war, hatte ich eine seltsame Wehmut gefühlt und wollte es immer weiter spielen. Als ich nach dem Dacapo unter großem Applaus die Bühne verließ, fühlte ich mich sehr zufrieden. Aber nicht für lange. Meine Mutter schimpfte mich gleich darauf aus, weil ich nicht so gespielt hatte, wie sie es von mir gewollt hatte.

Das war dermaßen frustrierend, dass ich die Erinnerung an diese Aufführung verdrängt und tief in meinem Herzen vergraben hatte. Als ich die Zwillinge sah, die begeistert über meine Aufführung sprachen, wurde mir klar, dass es Menschen gab, die sich immer noch an diese eigensinnige Darbietung erinnerten und sich darüber freuten. Wie schön.

Hätte ich das nur schon früher bemerkt! Dann wäre mein »Jetzt« vielleicht anders gewesen. Aber es war bereits zu spät für alles.

Kazami bemerkte sofort, dass ich inzwischen düster dreinblickte, und wechselte das Thema vom Klavier zu etwas anderem. Dank ihr lachten wir drei einfach nur und plauderten – ganz unbeschwert.

Ich mochte Kazami. Als es Zeit war zu gehen, hatten wir aufgehört, uns mit den Nachnamen anzusprechen und waren zu vertrauten Spitznamen übergegangen: »Hima« und »Tsukko«. Wenn ich Ryuta ansah und er mir zulächelte, spürte ich jedoch ein seltsames Gefühl in meiner Brust. Die Zeit verging wie im Flug, und schließlich musste ich nach Hause.

Vor dem Einkaufspark verabschiedete ich mich von den beiden und machte mich auf den Heimweg. Ich hatte immer noch das seltsame Gefühl, ich würde wie auf Wolken Fahrrad fahren. Ich schwebte nach Hause. Nicht nur wegen der Pommes, sondern auch, weil mein Herz so voll war, bekam ich beim Abendessen keinen Bissen hinunter. Als ich vor dem Schlafengehen aus der Wanne stieg, sah ich im Spiegel, dass ich immer noch ein seltsames Grinsen im Gesicht hatte. Ich wusste schon irgendwie, was das für ein Gefühl war. Ich wusste es, aber es war mir peinlich und machte mir Angst, es in Worte zu fassen. Es war das erste Mal, dass ich so fühlte, und ich wusste nicht, ob es wirklich das war und ob dieses Gefühl womöglich viele Tage anhalten würde. Aber in meiner Brust fühlte es sich heiß an.

3

Am Vortag war ich noch so glücklich gewesen und schwebte im siebten Himmel, aber als ich am Morgen aufwachte, hatte ich Angst, zur Schule zu gehen. Vielleicht war alles von gestern nur ein Traum, und sobald ich in der Schule war, wäre ich wieder allein. Vielleicht hatte Tsukko sich wieder mit Kei aus der Parallelklasse versöhnt und brauchte mich nicht mehr. Ich mochte gar nicht gehen. Ich sagte meiner Mutter, dass ich mich nicht gut fühlte, aber sie nahm mich nicht ernst, weil ich kein Fieber hatte. War auch klar, ich simulierte ja nur. Aber nichts half, und so kroch ich dann doch schwerfällig Richtung Schule. Wenn nur meine Zeit stehen bleiben könnte …

Aber Tsukko, die gerade in der Eingangshalle der Schule die Schuhe wechselte, verscheuchte meine düsteren Gedanken mit einem Lächeln. »Ah!«, rief sie aus und hüpfte auf einem Bein zu mir, weil sie ihre Ferse nicht richtig in den Schuh bekam. Ich eilte hastig zu ihr. »Guten Morgen, Tsukko. Pass auf!«

»Haha, guten Morgen, Hima.«

Wenn sie hinfallen und sich verletzen würde, wäre das schlimm! Tsukko war immer noch wie gestern. Erleichtert und glücklich bekam ich heiße Wangen. Vom Morgenappell über die große Pause, die Mittagspause bis hin zum Nachmittagsunterricht … Bisher war ich wie ein Schaf, das der Herde folgte. Ich war immer nur dabei. Allein. Aber heute war Tsukko die ganze Zeit bei mir. Wahrscheinlich war es das erste Mal, dass jemand nur auf mich wartete, um mit mir zu reden.

Die Schule, in der ich mich immer fehl am Platz gefühlt hatte, begann jetzt für mich zu strahlen.

Tsukko war wie ich ein wenig schüchtern. Wir wollten beide in der Klasse nicht zu sehr auffallen. Aber sie versteckte nicht, was ihr gefiel, und zeigte das ganz offen – auch ihre Zuneigung zu mir.

Die gemeinsame Zeit in der Schule reichte uns überhaupt nicht. Nach der Schule und vor dem Schlafengehen waren wir jeden Tag über soziale Netzwerke verbunden.

Tsukko nahm immer nach genau drei Klingeltönen ab, wenn ich anrief.

»Was ist los?«

Man konnte hören, dass sie sich beeilt hatte, um den Anruf entgegenzunehmen, sie keuchte leicht.

Ich hörte gern ihre fröhliche, lebhafte Stimme, und so begann ich, sie jeden Abend anzurufen. Und wenn ich nicht anrief, rief Tsukko mich an.

Es fühlte sich an, als wären wir schon lange Freundinnen gewesen. Wir lachten gleichzeitig und stolperten beim Tanzen zur gleichen Zeit.

Ryuta choreografierte einen Tanz für uns. Nach der Schule trafen wir uns zu dritt und übten den Tanz, während wir auf das Tablet im Karaoke-Raum schauten. Die Tage vergingen wie im Flug, und zwei Wochen waren vergangen, ohne dass ich im Tacet gewesen war. Auch wenn die gemeinsame Zeit Spaß machte, war die Realität hart. Die Tanzaufführung war schon nächste

Woche. Obwohl nur wenig Zeit blieb, war unsere Tanzerei immer noch grottenschlecht.

Selbst als wir uns die Choreografie endlich hatten merken können, kamen wir jedes Mal aus dem Takt, wenn wir zur Musik tanzten. Wir hatten den Tanz keinmal fehlerfrei bis zum Ende geschafft. Außerdem hatten weder Tsukko noch ich viel Ausdauer. Wir wurden schnell müde, sodass die Pausenzeit oft länger war als die Übungszeit.

»Ah, ich glaub ja nicht, dass wir das je hinkriegen«, keuchte Tsukko und nahm einen Schluck Melonensoda.

»Ja … ich auch nicht …«, antwortete ich und ließ mich auf das Karaoke-Sofa sinken.

»Also, ich bin der Meinung, euch fehlt nicht mehr viel«, versuchte uns Ryuta zu ermutigen.

»Bis vor Kurzem gab es anscheinend keinen Tanzunterricht. Warum können die diesen Käse denn nicht für immer abschaffen?«, stimmte ich Tsukkos Klage voll und ganz zu.

»Es wäre schön, wenn es jetzt aufhören würde …«

»Ja, wirklich. Diese Welt wird doch sowieso immer von lauten, extrovertierten Typen dominiert! Das find ich einfach schrecklich.« Wir waren beide nicht gut beim Tanzen, daher tat das gemeinschaftliche Jammern gut.

»Ah, ich bin so erschöpft. Ryu, bring mir bitte noch was zu trinken«, sagte Tsukko und winkte mit ihrem leeren Glas vom All-you-can-Drink.

»Ja, ja … Himari, möchtest du noch was?« Ryuta fragte auch mich, als er Tsukkos Glas entgegennahm.

»Äh? Oh … nein, danke. Ich gehe selber …«

»Es ist kein Problem, ich gehe sowieso. Was möchtest du? Wieder Orangensaft?«

»Nein, ich denke, ich nehme jetzt etwas Warmes.«
Beim Sport trank ich oft nur Kaltes, da bekam ich doch
sicher Bauchschmerzen.

»Was möchtest du? Kakao? Maissuppe?«

»Hmm ... ich habe schon zu viel Süßes getrunken ...
dann nehme ich einen Café au Lait.«

Als ich das sagte, rief Ryuta-san überrascht: »Oh!«

»Was?«

»Nun, Tsukko trinkt normalerweise nur Kaffeemilch,
also finde ich es erfrischend, dass du wirklich Kaffee
trinkst.«

Ich erinnerte mich daran, dass ich, bevor ich ins Tacet ging, selbst maximal Milch mit Kaffeearoma oder
Malzkaffee mit Sojamilch getrunken hatte.

»Ähm ... es gibt so ein Café, in das ich oft gehe. Es ist
eine Art Spezialitätencafé für Kaffee. Es liegt ganz in der
Nähe des Moerenuma-Parks. Vom Café aus kann man
die gläserne Pyramide sehen, die im Sonnenuntergang
glitzert. Das ist wirklich wunderschön.«

»Oh, in der Nähe von Moerenuma. Da würde ich
gerne mal hingehen.«

Ich freute mich, dass Ryuta Interesse zeigte.

»Aber es gibt dort einen großen Hund als Café-Mas-
kottchen. Ist das okay für dich?«

»Ich will da hin!« Kaum hatte sie von dem großen
Hund gehört, beugte sich Tsukko plötzlich vor.

»Es gibt einen sehr freundlichen Golden Retriever.
Er heißt Mokka. Gehen wir doch nächstes Mal alle zusammen dort hin.«

Irgendwie wollte ich die beiden Hayari und Herrn
Higure vorstellen.

»Tsukko, magst du Hunde?«

»Ja, besonders Golden Retriever! Sie sind wie Fuchur, und ich wollte schon immer einen haben, aber meine Mutter hat eine Allergie«, sagte Tsukko bedauernd.

»Fuchur?«

»Ja, der Glücksdrache. Im Film heißt er Falkor, aber Fuchur klingt einfach süßer.«

»Aus dem Film?«

Ryuta sah mich an, als ich verwirrt dreinschaute, und sagte: »Ah.«

»Es geht um den Glücksdrachen aus Michael Endes *Die unendliche Geschichte*. Im Film sieht er aus wie ein Hund.«

»Genau! Ein weißer, flauschiger Drache, der wie ein Hund aussieht. Sein Körper sieht aus wie ein Axolotl.«

»Ein Axolotl mit einem Hundekopf?«

Hm? Je mehr ich versuchte, es mir vorzustellen, desto weniger verstand ich es. Ryuta bemerkte meine Verwirrung und sagte: »Warte kurz«, und tippte auf seinem Tablet herum.

»Hier, das ist er, der hier.«

Er zeigte mir ein Bild, das er im Internet gefunden hatte. Darauf war ein weißes, plüschiges Wesen mit hängenden Ohren zu sehen – es sah tatsächlich ein wenig wie Mokka aus.

»Höh …«

Aber selbst als ich das Bild sah, konnte ich es mir immer noch nicht richtig vorstellen.

»Süß, oder?«

»Hm … ja, irgendwie.«

Ryuta lächelte gequält über meine unentschlossene Antwort.

»Nun ja, der Film kam 1985 in Japan in die Kinos,

und die Spezialeffekte waren damals noch nicht so raffiniert wie heute.«

Ein alter Film also. Ich war beeindruckt, dass die beiden ihn trotzdem gut kannten.

»Verstanden, warte kurz. Hier darf man doch eigene Sachen mitbringen, oder?«

Tsukko sah mich ernst an.

»Eigene Sachen? Äh … ja, das sollte in Ordnung sein …«

»Ich gehe schnell zum Konbini um die Ecke. Ryu, such du in der Zwischenzeit nach dem Film auf der Streaming-Seite«, wies Tsukko ihn zügig an. Ryuta nickte und tippte weiter auf seinem Tablet herum.

Nun war ich vollends verwirrt und entschied mich schließlich, für Ryuta und mich Kaffee zu holen. Als ich zurückkam, sagte er: »Ah, danke.« Die Tassen für heiße Getränke an der Selbstbedienungsbar hatten kleine Henkel. Als ich ihm die Tasse reichte, berührten sich unsere Hände.

In diesem Moment wurde mir plötzlich bewusst, dass ich allein mit Ryuta war. Auf einmal wurde ich nervös. Panik! Was sollte ich nur sagen?

»Öh …«

Ich musste jetzt doch etwas sagen – aber mir fiel nichts ein. Ryuta sah konzentriert auf sein Tablet, daher wollte ich ihn nicht stören. Ich beobachtete ihn schweigend – seine Wimpern waren länger als meine. Wie Tsukko hatte auch Ryuta lange, schmale Hände. Seine Arme und Beine waren lang. Er konnte sicher mehr Stücke spielen als ich. Und wahrscheinlich hatte er auch einen viel besseren Charakter als ich – so fühlte es sich wenigstens an.

»Ryuta, warst du schon mal in jemanden verliebt?«

»Hä?«

Ich hatte die Frage ganz unwillkürlich gestellt.

Er hob überrascht den Kopf. »Verliebt?«

Als er die Frage wiederholte, spürte ich, wie mir das Blut in die Wangen schoss. Was hatte ich da nur gesagt?

»Äh …«

»E… Entschuldige, vergiss es einfach …«

»O… Okay.«

Ryuta machte sich nicht über mich lustig, sondern schien selbst verlegen und blickte mit einem knallroten Gesicht auf die Tischplatte. Und so saßen wir beide mit purpurnen Köpfen da und schwiegen uns an. Die Stille war jetzt noch unangenehmer als zuvor. Ryuta tat so, als würde er intensiv auf seinem Tablet herumtippen, aber er scrollte nur sinnlos auf und ab. Ich schlürfte meinen Kaffee, um die Situation zu überspielen.

Nach ein paar Minuten, die sich wie eine Ewigkeit anfühlten, räusperte sich Ryuta, als könnte er die peinliche Stille nicht mehr ertragen.

»Wo bleibt Tsukko wohl?«

»Sie wollte doch nur zum Konbini um die Ecke … vielleicht ist ihr ja was passiert?«

»Wahrscheinlich haben sie keine Äpfel.«

»Äpfel?«

»Äpfel.«

»Warum plötzlich Äpfel?«

Während ich gar nichts mehr kapierte, versuchte Ryuta mir eine Erklärung zu liefern, als plötzlich ein lautes Geklapper und Geraschel zu hören war und Tsukko zurückkam.

Sowohl Ryuta als auch ich atmeten erleichtert auf.

»Wo bleibst du denn?«

»Tut mir leid, tut mir leid, die hatten keine Äpfel.«

»Das habe ich mir gedacht.«

Während ich, ohne irgendetwas zu verstehen, den beiden zuschaute, wie sie sich unterhielten, reichte mir Tsukko ein Sandwich aus dem Konbini und einen ganzen Apfel.

»Bist du deswegen losgegangen?«

»Ja. Denn *Die unendliche Geschichte* geht nicht ohne Sandwich, also genau genommen ein Pausenbrot und einen Apfel.«

Tsukko lächelte und antwortete fröhlich.

»Und Orangensaft mit rohem Ei?«, warf Ryuta ein.

»Was?«

Ich war entsetzt, und Ryuta lachte.

Zum Glück war Tsukko wieder da, und die Stimmung war wieder wie vorher.

»Keine Sorge, für den Orangensaft mit rohem Ei ist Papa zuständig – aber hast du den Film?«

Ryuta formte mit seinen Fingern ein Okay-Zeichen.

»Gut, dann führen wir heute Himari *Die unendliche Geschichte* vor!«

Damit stellte Tsukko das Tablet auf den Tisch.

Noch bevor ich richtig verstand, was vor sich ging, begann die Vorführung, und mir blieb gar keine Wahl.

»Ah …«

Und als der Film begann, fiel es mir sofort wieder ein: Es war die Melodie, die ich an jenem Tag beim Sommerfest gespielt hatte.

»Ach, deshalb soll ich ihn mir anschauen?«

Tsukko grinste.

»Der Film ist daran schuld, dass sich unsere Eltern kennengelernt haben. Sie mochten beide diesen Film.«

Als ich das hörte, musste ich unwillkürlich zu Ryuta hinüberschauen. Auch er errötete, als sich unsere Blicke trafen, und ich wandte mich hastig wieder dem Film zu.

Der Film *Die unendliche Geschichte* basierte auf Michael Endes Roman. Es gab wohl einige Unterschiede zum Original, aber die beiden waren trotzdem große Fans des Films.

Der Film, noch ganz ohne moderne Computer Generated Imagery, CGI, nur mit altmodischen Spezialeffekten, sah auf den ersten Blick uralt aus, aber ich war schnell von dieser Welt gefesselt.

Ein Junge, Bastian, wurde gemobbt und fand schließlich ein Buch. Es handelt von »Phantásien«, einer Welt voller seltsamer Kreaturen, die von einem schrecklichen »Nichts« bedroht wurde, das alles verschlang.

Atréju, ein mutiger Kriegerjunge im gleichen Alter wie Bastian, machte sich auf, um die Welt vor dem »Nichts« zu retten.

Bastian versteckte sich auf dem geheimen Dachboden der Schule, eingewickelt in alte Decken, und verfolgte Atréjus Abenteuer, wobei er an einem Sandwich und einem Apfel knabberte.

Auch wir beobachteten die Abenteuer der beiden Jungen mit einem Sandwich und einem Apfel.

Nach einer beschwerlichen Reise wurde die Welt schließlich zu einem einzigen Sandkorn.

Doch Atréju und Bastian retteten Phantásien und die Kindliche Kaiserin.

Die Worte der Kindlichen Kaiserin: »Der Anfang ist

immer dunkel«, erinnerten mich daran, dass auch meine Welt vor einiger Zeit noch dunkel war.

Aber jetzt war sie hell.

Als wir den Film zu Ende gesehen hatten, hatten sowohl ich als auch Tsukko, die den Film schon mehrmals gesehen haben musste, Tränen in den Augen.

»Und? Süß, oder? Fuchur, meine ich.«

»Ja … er war wirklich süß.«

Ein Drache, der wie ein flauschiger Hund aussieht und einen Körper wie ein Axolotl hat – anfangs verstand ich nicht, was daran süß sein sollte. Aber der Drache, der im Film vorkam, war tatsächlich sanft und liebenswert, und die Beschreibung passte perfekt.

Fuchur war tatsächlich der Freund der beiden Jungen und ebenfalls unser Freund. Ich konnte gut verstehen, warum Tsukko ihm so zugetan war. Auch das Rätsel um den Orangensaft mit rohem Ei wurde gelöst. Und noch etwas anderes …

»Sagt mal, beim Film ist mir etwas aufgefallen … Stammen eure Namen ›Ryuta‹ und ›Tsukiko‹ auch aus diesem Film? Sie bedeuten doch Drache und Mondenkind!«

Auf meine Frage hin nickten beide mit einem breiten Lächeln.

»Ja, genau. Gut erkannt.«

»Unsere Eltern sind simpel gestrickt, oder?«

»Nein, ich finde, das ist wirklich toll.«

Ich fand das ehrlich schön und beneidete sie darum.

»Es ist der Lieblingsfilm unserer Eltern. Wir sind mit diesem Film aufgewachsen – und deshalb blieb uns die Erinnerung an das ›Mädchen am Klavier‹ auch so stark im Gedächtnis.«

»Was? Ich?«

Ich war so überrascht, dass sich meine Stimme überschlug. Es fühlte sich an, als wäre ich in ihren Kreis aufgenommen worden.

»Natürlich mögen wir dich jetzt nicht nur deswegen, sondern auch so, Himari. Aber als du am ersten Tag zu uns in die Klasse kamst, dachte ich: ›Das muss Schicksal sein.‹«

Vielleicht klingt das ein bisschen seltsam … Tsukko lächelte verlegen, aber ich verstand genau, was sie meinte. Erwachsene würden das vielleicht als Zufall abtun oder darüber lachen, dass es keine Bedeutung hat. Aber für mich war es genauso wie für Tsukko. Es war Schicksal. Die Götter hatten es so bestimmt, da war ich sicher. Der Tag, an dem ich gezwungen worden war, Klavier zu spielen, der Wechsel in dieselbe Klasse, der seltsame Tanzunterricht, unser Treffen in der Bibliothek – all das hatte eine Bedeutung.

Wie ich Frau Sugiura getroffen hatte und zufällig ins Tacet gekommen war, bewies ja auch, dass scheinbar unbedeutende Entscheidungen das Schicksal der Menschen beeinflussen konnten.

»Komm doch mal zu uns nach Hause! Unsere Eltern werden sich bestimmt riesig freuen!«, sagte Tsukko, und ihre Stimme kiekste vor Aufregung, als ob die Begeisterung des Films nachwirkte.

»Ähm, ich würde gerne mit euch mal ins Tacet … ins Café gehen.«

Ich wollte Tsukko Hayari und Herrn Higure vorstellen – und wenn möglich auch Ryuta.

»Ja, klar! Natürlich! Lass uns das bald machen!«

»Ja, bald … Aber zuerst müsst ihr beide noch ein

bisschen an eurem Tanz feilen. Schließlich haben wir heute nur den Film geschaut.«

»Argh …«

Ryuta holte uns beide, Tsukko und mich, abrupt in die Realität zurück.

»Ah … Dann trainieren wir morgen bei mir zu Hause. Und wenn der Tanztest vorbei ist, können wir zur Feier in das Café gehen und den Hund streicheln, okay?«

Obwohl wir beide zunächst etwas niedergeschlagen waren, strahlte Tsukko schnell wieder, und ihre Augen funkelten.

»Ja!«

Ich nickte kräftig. An diesem Tag war alles so spaßig, glücklich und »schicksalhaft«. Und als wir uns verabschiedeten und Tsukko auf die Toilette ging, fragte mich Ryuta, ob wir unsere SNS-IDs austauschen könnten.

Ich wurde knallrot und konnte nicht sofort antworten. Natürlich wollte ich das. Ich war glücklich. Unglaublich glücklich.

Ich hatte nicht sofort den Mut, ihm gleich zu schreiben.

Tsukko sagte, dass die Liebe wie ein freier Fall sei.

Für mich schien sie etwas sanfter zu sein: Schwebend in Schwerelosigkeit.

Ein Ballon, der leicht vom Wind davongetragen wurde.

Ein roter Ballon, der deutlich am blauen Himmel tanzte.

Ach, ich hatte Tsukko ja so gern. Vielleicht war es daher unvermeidlich, dass ich mich zu Ryuta hingezogen fühlte. Er war Tsukko unglaublich ähnlich.

Und vielleicht mochte Ryuta auch mich, weil ich Tsukko ähnlich war, die wiederum ihn gernhatte.

»Ojemine.«

Selbst nachdem ich wieder daheim war, war mein Kopf voll von solchen Gedanken, und ich stand die ganze Nacht über neben mir.

Zum ersten Mal in meinem Leben war ich dankbar für das Klavier – und so spielte ich nach langer Zeit wieder einmal.

Es war derart dilettantisch! Viel schlechter, als es im Kindergarten gewesen war, und es war mehr ein Hören der Töne der Tasten oder ein Wahrnehmen des Gefühls meiner Finger als wirkliches Spiel.

Trotzdem freute sich meine Mutter, als sie mich am Klavier sah, und weinte.

Ich hatte nicht erwartet, dass sie sich so sehr freuen würde, und ich weinte auch vor Freude.

Es war ein Tag voller Wunder.

Die Götter waren freundlich, und ich war das Zentrum der Welt.

Deshalb hatte ich eines vergessen.

Dass die Götter mich hassten.

4

An einem Tag, an dem es leicht nieselte, traf ich zum ersten Mal die Eltern, die Tsukko mir hatte vorstellen wollen.

Im Duft von Räucherstäbchen sah ich die weinende Mutter und dachte vage, dass Tsukko und Ryuta ihrer Mutter sehr ähnlich sahen. Vielleicht hatten sie ihre langen Wimpern von ihrer Mutter geerbt.

Das schwarze, schlanke Kleid war androgyn und erinnerte mich umso mehr an Tsukko.

Ryutas strubbeliges Haar schien er von seinem Vater zu haben, und zusammen mit seinen Eltern und dem Foto von Tsukko sahen sie wie »eine Familie« aus.

Durch ein Buch, den Film und die Musik fühlte ich mich mit Tsukkos Familie verbunden – was für eine Überheblichkeit.

Ich war nicht diejenige, die in diesen Kreis aufgenommen werden sollte.

Es war am Tag, nachdem wir gemeinsam den Film angesehen hatten. Ich wollte an jenem Samstag nach dem Frühstück zu Tsukko nach Hause kommen.

Doch als ich mich fertig machte, das Haus zu verlassen, stellte sich meine Mutter mir mit einem ernsten Gesicht in den Weg und fragte: »Wohin gehst du?«

»Zu einer Freundin. Wir haben bald eine Prüfung im Sportunterricht für den Tanz, also gehe ich üben.«

Da es heute nicht mal gelogen war, konnte ich ohne

Zögern oder Stocken antworten. Ich fühlte nicht einmal das Schuldgefühl, das ich hatte, wenn ich heimlich ins Tacet ging.

»Aber was ist mit dem Klavier?«

»Was?«

»Du hast gerade erst wieder angefangen zu üben. Am Anfang ist es doch am wichtigsten, oder?« Meine Mutter sagte das mit einem leicht genervten Ton.

»Das mag ja sein, aber der Sportunterricht ...«

»Lüg nicht! Ich weiß, dass du gestern beim Karaoke warst und dich amüsiert hast!«, schrie mich meine Mutter auf einmal an. Anscheinend hatte mich meine Schwester gestern mit Tsukko beim Karaoke gesehen und gepetzt.

»Aber das war wirklich nur, um für den Tanz zu üben ... Das war nur zum Spaß ...«

»Hör endlich auf mit deinen ewigen Ausreden!«

Und so begann die übliche Standpauke. Meine Mutter hörte mir nicht zu – dass sie mir glaubte, war sowieso ausgeschlossen. Sie war fest davon überzeugt, dass ich mich vor dem Klavierspielen drückte. Wenn es einmal so weit kam, dauerte die Standpauke lange. Und hörte erst auf, wenn meine Mutter sich beruhigt hatte. In den Augen meiner Mutter war ich schlicht stinkfaul. Dass ich bisher keine Ergebnisse erzielt hatte, lag ihrer Meinung nach an mangelndem Einsatz meinerseits.

Meine Großmutter hatte mir einmal gesagt, dass sich meine Mutter selbst nie wirklich angestrengt oder gern gelernt hatte. Ob das wahr war, wusste ich nicht, aber ich vermutete, dass meine Mutter dasselbe von mir dachte, was meine Großmutter von ihr dachte. Deshalb würde es nichts bringen, zu widersprechen. Es würde meine Mutter nur noch mehr auf die Palme bringen. Ich konnte nur stillschweigend ertragen.

Heute hätte mich Tsukko am nächsten Bahnhof abholen sollen, aber wenn ich jetzt mein Handy herausziehen würde, um ihr Bescheid zu geben, würde das nur Öl ins Feuer gießen. Ich musste die Standpauke einfach irgendwie überstehen und meiner Mutter, sobald sie etwas müde wurde, noch einmal erklären, dass es wirklich für den Sportunterricht war. Ich zeigte ihr die verteilten Handzettel und die aufgenommenen Tanzvideos zur Übung. Als meine Mutter schließlich überzeugt war und mich gehen ließ, war ich bereits vierzig Minuten zu spät.

Ich textete hastig Tsukko, aber es kam keine Antwort. Da die Nachricht nicht als gelesen markiert wurde, versuchte ich, sie direkt anzurufen, aber auch da kam keine Antwort. Vielleicht war der Akku ihres Handys leer geworden, als sie auf mich wartete.

Obwohl meine Mutter der Grund für meine Verspätung war, war es schwer, das zu erklären. Aber ich dachte, dass Tsukko es verstehen würde. Ich wollte mich einfach so schnell wie möglich entschuldigen – mit diesem Gedanken sprang ich in die U-Bahn.

Als ich an der nächsten Station ankam, herrschte dort großes Chaos, und erst da erfuhr ich, was passiert war. Warum Tsukko meine Nachrichten nicht gelesen hatte.

In der Abendausgabe der *Ezo-Zeitung* an diesem Tag war die Nachricht über den Unfall vor dem Bahnhof groß abgedruckt. Der Fahrer hatte offenbar einen Herzinfarkt bekommen und ohne Vorwarnung das Bewusstsein verloren. Der Kleinbus war, ohne zu bremsen, in die belebte Kreuzung vor dem Bahnhof gerast und hatte sechs Menschen erfasst. Der Fahrer war gestorben, ein Mann in den Dreißigern und eine Mittelschülerin waren bewusstlos und in kritischem Zustand, die anderen vier hatten leichte bis schwere Verletzungen erlitten.

Tsukko, die mich hatte abholen wollen, war zwischen dem Kleinbus und der Wand des Fahrradständers eingeklemmt worden.

Am Unfallort lagen ein zerquetschtes Fahrrad und ein weinrotes Hardcover-Buch. Einige Tage später, bei Tsukkos Beerdigung, stand Keiko an der Stelle, die für Tsukkos »Freunde« vorgesehen war. Auch Ryuta bat darum, ihn in Ruhe zu lassen. Ohne Worte konnte ich es verstehen. Ryuta war sauer auf mich. Ich wollte sagen, dass es nicht meine Schuld war – aber wenn ich nicht zu spät gekommen wäre, wäre Tsukko wohl nicht in den Unfall verwickelt worden. Es war nicht meine Schuld – aber es war meine Schuld. Wo lag die Ursache für traurige Ereignisse? Wo begann der Strom des Unglücks? Ich suchte nach Gründen, warum es nicht meine Schuld gewesen sein konnte. Ich wollte meiner Mutter die Schuld geben, weil ich wegen ihr nicht pünktlich war – aber der Grund, warum sie so hartnäckig darauf bestand, dass ich nicht vor dem Klavierspielen weglaufen sollte, war mein eigener Unfall. Auch die Person, die den Unfall verursacht hat, war schuld, selbst wenn es nicht absichtlich geschehen war. Das große Fahrrad, das in der Nähe von Tsukko abgestellt war, war ebenfalls schuld. Tsukko hätte nicht so lange auf mich warten sollen. Sie hätte mich nicht mögen und das Sommerfest längst vergessen sollen. Letztendlich konnte keiner dieser Gründe die Tatsache übertreffen, dass mich die größte Schuld traf. Ich hatte Tsukko sterben lassen.

Nach der Beerdigung erinnerte ich mich nicht mehr genau, wie ich zum Tacet kam. Im Regen, weinend, öffnete ich nach langer Zeit wieder die Tür des Tacet. Ich wollte wissen, wie man die Zeit zurückdrehen kann. Ich musste es wissen. Doch Hayari sagte in dem stillen, leeren Café Tacet traurig, aber bestimmt: »Das ist nicht möglich.«

»Warum?« Unwillkürlich schlug ich mit der Hand auf den Tresen, aber meine nasse Hand rutschte ab.

Als Hayari versuchte, mich zu stützen, als ich das Gleichgewicht verlor, schlug ich ihre Hand weg.

»Warum? Warum ist es nicht möglich?« Ich wurde laut, ohne es eigentlich zu wollen.

Hayari sah mich immer trauriger an und schaute schließlich zu Boden.

»Wie ich schon früher gesagt habe, Himari, können wir die Zeit für dich als Zeitwächterin nicht zurückdrehen. Zeitwächter können nur als Brücke zwischen Vergangenheit und Gegenwart fungieren. Solange die Person, die die Vergangenheit ändern möchte, nicht selbst entscheidet, wohin sie zurückkehren will, können wir nichts tun. Es gibt keine Ausnahmen von dieser Regel.«

»Nicht einmal für Tsukiko?«

Zeitwächter konnten nicht für sich selbst in die Vergangenheit zurückkehren. Das galt sowohl für Hayari als auch für Herrn Higure. Ich hatte gehofft, dass es vielleicht irgendeine Ausnahme gab, aber als ich Hayaris Worte hörte, fühlte ich, wie meine Knie nachgaben, und ich sank auf den Boden und weinte.

Hayari-san und Mokka kamen zu mir, aber das war nicht die Art von Trost, die ich wollte. Ich wollte in die Vergangenheit zurückkehren. Ich wollte, dass Tsukiko wieder lebte. Warum war das nur für uns nicht möglich? Warum konnte ich es nicht tun? Warum? Warum? Warum? Warum hatten mir die Götter diese Fähigkeit dann überhaupt gegeben?

»Es ist nicht ausgeschlossen«, sagte Herr Higure schließlich, als er es nicht mehr mit ansehen konnte.

»Higure …« Hayari schien von dieser Methode nicht sehr angetan zu sein.

»Egal was! Wenn es etwas gibt, das ich tun kann, tu ich das! Alles!«, schrie ich.

Hayari warf Herrn Higure hinter dem Tresen einen Blick zur Warnung zu und seufzte dann resigniert.

»Dafür braucht es jemanden, der sich stark wünscht, die Vergangenheit für sie zu ändern. Du musst jemanden finden, der dazu in der Lage ist, und ihn ins Café bringen.«

Jemand, der für Tsukiko die einmalige Chance verwenden würde, in die Vergangenheit zurückzukehren.

»Kann man nicht von irgendwo anders auch in die Vergangenheit zurückspringen? Muss es denn von diesem Café aus sein?«

»Das ist … etwas schwierig. Für den Transit gibt es für jeden Zeitwächter eine Routine. Sowohl der Zeitwächter als auch die andere Person müssen entspannt sein«, sagte Herr Higure.

Wenn ich selbst in die Vergangenheit reisen könnte, wäre das gut, aber ich kenne diesen Weg noch nicht.

Ich muss also Ryuta oder Tsukkos Eltern irgendwie herbringen. Das müsste ich doch hinkriegen.

Sie würden unter Garantie Tsukko wiederhaben wollen.

Seitdem Tsukko nicht mehr in meinem Leben war, fühlte ich mich leer.

Yamane und die anderen waren ja durchaus nett zu mir, aber egal, wie nett sie waren, sie waren nicht Tsukko.

Diese Trennung konnte ich auf keinen Fall einfach so hinnehmen. Wenn es mir als Freundin schon so ging, musste es für die Familie doch noch viel schlimmer sein.

»Ich werde sie auf jeden Fall herbringen«, schluchzte ich.

Hayari nickte auf undefinierbare Weise.

Es war, als wollte sie mir schon wieder sagen, dass es unmöglich sei, und das machte mich wütend. *Jetzt erst recht!*

5

Von da an ging ich fast täglich zu Tsukko nach Hause.

Ich wollte ihre Eltern oder Ryuta überzeugen.

Wenn einer von den dreien mir glauben würde und wir eine Vergangenheit schaffen könnten, in der Tsukko keinen Unfall hat, dann wäre sie wieder da.

Aber Tsukkos Eltern waren völlig erschöpft und wollten mich nicht einmal sehen.

Durch die Tür sagten sie mir, ich solle gehen, und drohten, die Polizei zu rufen. Ihre Stimmen klangen hasserfüllt, sie schienen mich zu verfluchen.

Manchmal stand ich stundenlang im Regen und wartete darauf, dass sie mir endlich Gehör schenkten.

Was ich tat, war völlig unvernünftig und sinnbefreit. Das wusste ich selbst. Aber eine andere Möglichkeit hatte ich nicht, also war es mir herzlich egal, was die Leute dachten.

Selbst wenn ich den Eltern noch tiefere Wunden zufügte, war es mir egal – es würde schon letztlich gut werden.

Sobald wir in die Vergangenheit zurückgekehrt waren, würde alles ungeschehen gemacht werden.

Es war mir egal, ob mich jemand hasste oder sich vor mir fürchtete. Solange ich nur Tsukko zurückholen, Tsukko, die wegen mir nicht mehr da war, retten könnte.

Schließlich wurde auch die Schule informiert, und ich wurde vor drei Lehrer mit ernsten Gesichtern zitiert und belehrt.

Die Lehrer sagten, sie verstünden meine Gefühle, aber sie tadelten mich, und das, was ich täte, sei falsch.

Außerdem sagten sie mir, dass ich nicht mit Tsukkos Familie sprechen müsse, sondern mit einem Arzt in der Psychiatrie.

Ich musste auch mit dem Schulberater sprechen, aber ich hatte ja nicht auf einmal einen an der Klatsche, ich war völlig normal.

Normal, ja. Das sollte ich sein.

Doch allmählich begann ich zu denken, dass ich mir vielleicht alles nur eingebildet hatte, und das machte mir Angst.

Aber wenn ich zum Moerenuma-Park ging, war dort das Tacet, und das Haus von Frau Sugiura war ein Parkplatz, und die Konditorei hieß »Shima-Ena«.

Deshalb … es musste, musste, musste einfach gut werden.

Ich musste nur an mich selbst glauben.

Jetzt verstand ich, was Hayari damals gemeint hatte.

Ich hatte ja geglaubt, ich könnte sofort jemanden mit ins Tacet schleppen, aber das schien wirklich in weiter Ferne zu sein.

Trotzdem ging ich auch am nächsten Tag nach der Schule wieder zu Tsukkos Haus.

In der Schule wurden schon Gerüchte verbreitet, aber ich konnte nicht einfach nicht hingehen.

Ich hatte Angst, von den Lehrern gescholten zu werden. Und ich hatte Angst, dass die Schule meiner Mutter Bescheid gab.

Aber ich durfte mich nicht einschüchtern lassen.

Denn wenn ich aufgab, wäre Tsukko für immer aus dieser Welt verschwunden.

Als ich mehrmals auf die Gegensprechanlage drückte, sagte Tsukkos Mutter schließlich resigniert durch die Gegensprechanlage: »Bitte geh endlich nach Hause. Ich hab doch gesagt, dass ich beim nächsten Mal die Polizei rufe.«

Obwohl ich wusste, dass durch die geänderte Vergangenheit alles ungeschehen gemacht würde, war es schmerzhaft, die Trauer in der Stimme von Tsukkos Mutter zu hören.

»Hören Sie mir bitte nur einmal zu. Bitte!«

»Wir wollen deine Geschichten nicht hören. Bitte lass uns in Ruhe! Quäl uns nicht weiter!«

Tsukkos Mutter, die sich anfangs noch zusammengerissen hatte, erhob schließlich ihre Stimme.

Ich kämpfte verzweifelt dagegen an, mich von der verzerrten Stimme aus der Gegensprechanlage einschüchtern zu lassen.

»Nein, ich will sie doch nicht quälen …«

»Verschwinde! Sofort!«

Ich wollte nur, dass sie mir zuhörte, mit mir ins Tacet ging und sich an Tsukko erinnerte. Danach würden Hayari und Herr Higure sie in die Vergangenheit bringen. Ich würde alles tun, um dabei zu helfen. Sie müsste mir nur die Chance geben, das wäre schon genug …

Auch heute war Tsukkos Mutter nicht bereit, mir zuzuhören. Es schien ungemein schwierig, sie zu überzeugen. Vielleicht könnte ich stattdessen Ryuta treffen oder den Arbeitsplatz ihres Vaters herausfinden?

Während ich so vor mich hin grübelte und überlegte,

nach Hause zu gehen, hörte ich plötzlich eine traurige Stimme hinter mir: »Jetzt komm schon, lass uns doch bitte eine Weile in Ruhe.«

Hinter mir stand Tsukkos Bruder.

»Ryuta ...«

»Sie ruft die Polizei wirklich, du solltest besser nach Hause gehen.«

Er versuchte, mich wegzuschicken, wahrscheinlich weil er wusste, dass seine Mutter die Polizei bereits gerufen hatte.

»Ich kann nicht gehen ... für Tsukko.«

»Tsukko ist nicht mehr, und ich weiß, dass du das nicht aus Bosheit tust, Himari. Aber bitte, lass uns noch ein wenig in Ruhe. Irgendwann werden wir auch mit dir sprechen können.«

Ryuta hatte geschwollene Augen.

»Vertrau mir doch, verdammt noch mal.«

»Was?«

»Es gibt eine Möglichkeit, Tsukko wiederzubeleben.«

»Was ...?« Nachdem mir das herausgerutscht war, verzog sich Ryutas Gesicht wütend. »Es gibt Zeiten, in denen solche Witze unangebracht sind.«

Dabei würde ich so etwas niemals im Scherz sagen.

Irgendwie war ich einfach davon ausgegangen, Ryuta würde mir glauben.

Deshalb schmerzte mich diese Abfuhr sehr.

Auch wenn ich verstand, dass es nicht anders ging, schrie mein Herz: »Warum verstehst du mich nicht?«

Trotzdem hielt ich meine Tränen und das Bedürfnis, alles hinzuschmeißen, zurück, biss mir fest auf die Unterlippe und bat Ryuta erneut: »Bitte ... nur dieses eine

Mal. Vertrau mir nur ein einziges Mal und komm mit mir.«

»Wohin?«, kam seine scharfe Antwort zurück.

»Ins Café Tacet – beim Moerenuma-Park.«

Er zögerte eine Weile, aber seufzte schließlich. »Wenn ich mitkomme, versprichst du dann, dass du nicht mehr zu uns nach Hause kommst?«

»Du kommst wirklich mit?«

»Ja – aber nur in den Moerenuma-Park.«

»Was?«

»Wir waren dort oft mit der ganzen Familie, seit wir klein waren … Tsukko liebte diesen Ort.«

Nun, er war immerhin einverstanden, dort über Tsukko zu sprechen, also nickte ich. »Verstanden.«

Schon allein Moerenuma war ein großer Fortschritt. Waren wir erst einmal dort, musste ich ihn nur noch irgendwie dazu bringen, auf dem Rückweg im Tacet vorbeizuschauen. Bevor er seine Meinung ändern konnte, machte ich mich mit ihm schnell auf den Weg.

Es war mein erster Besuch im Moerenuma-Park – und das auch noch allein mit Ryuta. Eigentlich hätte mein Herz vor Freude in meiner Brust hüpfen sollen. Vielleicht … vielleicht war ich ein kleines bisschen in Ryuta verliebt.

Trotzdem hätte ich lieber Tsukko dabeigehabt, um in den Moerenuma-Park zu gehen. Oder eben wir alle drei zusammen. Das waren meine Gedanken, als wir in die U-Bahn sprangen, um zum Park zu fahren …

6

Mit der Higashi-Toho-Linie fuhren wir bis zur Endstation Kanjo-Dori-Higashi, und von dort dauerte es etwa fünfundzwanzig Minuten mit dem Bus bis zum Moerenuma-Park. Der Bus war ziemlich voll. Da ich so nah an Ryuta stand, dass sich unsere Schultern berührten, versuchte ich verzweifelt, mich kleiner zu machen, um den Körperkontakt so gut wie möglich zu vermeiden. Da die Sommersonnenwende gerade erst vorbei war, war es auch um fünf Uhr nachmittags noch immer hell. Wenn es so weiterging, könnte ich vielleicht die gläserne Pyramide, die ich sonst immer nur von außen gesehen hatte, auch einmal von innen sehen – wenn sie im Abendlicht erstrahlte.

Als wir aus dem Bus stiegen, erstreckten sich vor uns grüne Hügel. Über einen Bach (irgendwie sah es eher nach einem Teich aus) führte eine Backsteinbrücke, und hinter den Bäumen konnte man die gläserne Pyramide sehen.

»Ich hatte eigentlich erwartet, es gäbe es ein paar Fahrgeschäfte – immerhin hieß es ja ›Park‹, aber es ist wohl kein Vergnügungspark. Das ist ja wie im Hyde Park«, murmelte ich unwillkürlich, und Ryuta sah mich überrascht an.

»Die gibt es hier auch, allerdings in einem anderen Bereich, aber … wie im Hyde Park?«

»Ja, der in London.« Allerdings war ich nur ein paar-mal im Hyde Park gewesen.

»Berühmt ist er zwar nicht, aber das da vor uns ist der Moereyama, ein künstlicher Berg mit einer Höhe von 62 Metern«, sagte Ryuta und zeigte auf eine kleine Erhebung.

»Wie ... künstlich?«

»Ja. Der Moereyama ist ein Schuttberg. Hier wurden nicht brennbarer Müll und Bauschutt abgeladen. Er ist der einzige Berg im Stadtbezirk Higashi.«

»Was? Aus Müll?« Ich war so überrascht, dass ich laut aufschrie, und Ryuta grinste. Vielleicht wegen der sanften Brise draußen wirkte auch er etwas entspann-ter.

»Der Moerenuma-Park ist ein Park, in dem Kunst und Natur verschmelzen. Er wurde von dem japa-nisch-amerikanischen Architekten und Skulpturkünst-ler Isamu Noguchi konzipiert.«

»Isamu Noguchi ...?«

Der Name kam mir irgendwie bekannt vor, aber auch wieder nicht.

»Du kennst doch sicher den schwarzen, röhrenför-migen, seltsamen Rutschenturm im Odori-Park? Der ist ebenfalls von Noguchi.«

»Ah ...«

Da fiel mir wieder ein, dass es dort, wo sich Frau Ta-kanashi und ihre Mutter getrennt hatten, ein schwarzes Monument gab. Noguchi wollte wohl, dass seine Kunst-werke nicht nur zum Anschauen dienten, sondern ein Erlebnis waren, sie sollten den Menschen nahe sein, berührt und geliebt werden.

»Der Moerenuma-Park war ursprünglich ein Sumpfgebiet, in dem der Müll aus der Umgebung von Sapporo gesammelt wurde. Noguchi sagte: ›Ich will das Land, dem die Menschen so viel angetan haben, durch Kunst regenerieren‹, und er schuf an der Stelle einen schönen Park.«

»Durch Kunst regnerieren …«

War etwas einmal zerstört oder verloren, konnte es nicht genauso wiederhergestellt werden, wie es einmal gewesen war. Aber ohne die Vergangenheit zu vergessen, kann man es als etwas Neues und Liebenswertes erneut zum Leben erwecken – dieses Gefühl eines unbekannten Künstlers sprach mir aus der Seele. Und auch ich war nun hier, um Tsukko noch einmal zurückzubekommen.

Liebespaare, Familien mit Kindern, Gassigeher – im Moerenuma-Park waren so viele unterschiedliche Menschen unterwegs. Hier, wo Kunst, Natur und das Leben der Menschen ineinanderflossen, spazierten Ryuta und ich eine Weile schweigend nebeneinanderher.

Es war verständlich, dass das Gespräch nicht in Gang kam. Ich überlegte, womit ich anfangen könnte, als Ryuta plötzlich stehen blieb.

»Da wir schon mal hier sind, wollen wir einmal auf den Berg hinauf?«

»Ah … ja.«

Ich befürchtete eigentlich, wenn wir so weitermachten, würde es aussehen, als würden wir nur zusammen einen Spaziergang genießen. War das nicht unangebracht? Obwohl ich mir Sorgen machte, folgte ich der Einladung und bestieg mit ihm den »Moereyama«. Obwohl er Berg genannt wurde, ähnelte dieser mit Rasen bedeckte, baumlose Hügel eher einer größeren Anhöhe als einem Berg.

Es war nicht wirklich eine anstrengende Wanderung. Man musste nur eine gemächliche Treppe bis zum »Gipfel« hinaufsteigen. Keine zehn Minuten später waren wir oben. So niedrig der Berg auch war, vom Gipfel aus hatte man einen schönen Blick über die Stadt Sapporo.

»Jedes Jahr im September gibt es ein Feuerwerksfestival, und wir sind seit dem ersten Mal jedes Jahr alle zusammen hingegangen … Aber ohne Tsukiko werden wir wohl ab diesem Jahr nicht mehr hingehen.«

Ryutas Worte gingen im Wind auf dem Gipfel fast unter, aber ich hörte sie trotzdem.

»Es tut mir so leid.«

Noch bevor ich etwas anderes denken konnte, rutschte mir die Entschuldigung heraus. Ryuta lächelte traurig, er war den Tränen nahe.

»Ich denke wirklich nicht schlecht über dich, Himari – weder ich noch meine Eltern.«

»An dem Tag hat meine Mutter vormittags ein Riesentheater gemacht, weil ich so selten daheim war … Sie hat mir einfach nicht geglaubt, dass ich für das Vortanzen üben wollte! Ich wollte nicht zu spät kommen, und ich hätte auch gern Bescheid gesagt, aber ich hatte solchen Schiss vor meiner Mutter …«

»Verstehe.«

Irgendwie klang es für mich doch nur wieder wie eine Ausrede, und ich senkte den Blick. Ich war so selten wie möglich zu Hause, weil ich mich dort nicht willkommen fühlte und wegen des Klaviers. Deshalb floh ich jeden Tag ins Tacet, dem Ort ohne Klavier, wo ich willkommen war. Aber für meine Mutter sah es so aus, als würde ich das Üben schwänzen und mich den lieben langen Tag nur herumtreiben. Ich hatte ihr nie erklärt, dass dem gar nicht so war. Von Anfang an hatte ich den Gedanken aufgegeben, dass sie mich je verstehen würde … wollte … – letztendlich war es meine Schuld.

»Es tut mir leid. Es ist doch nur eine feige Ausrede. Dass mir meine Mutter nicht geglaubt hat, liegt daran, dass ich auch sonst oft für Probleme gesorgt habe …«

Ryuta sah erst mich besorgt an und richtete dann seinen Blick auf die Stadt Sapporo, die sich vor uns erstreckte.

»Niemand ist schuld – zumindest denke ich das jetzt.«

»Aber …«

»Indem man jemandem die Schuld gibt, kann man vielleicht für einen Moment das traurige Gefühl vergessen, oder es fühlt sich so an, als würde man Tsukiko beschützen oder Rache nehmen, und für einen Moment fühlt es sich leichter an … Aber letztendlich ist Hass nicht gleichbedeutend mit Trauer. Man heilt dadurch nichts, sondern füllt sein Herz nur mit Dreck und Schlamm.«

»Ich will aber niemanden hassen …«, fuhr er fort, bevor er tief seufzte und mir dann direkt in die Augen sah.

»Deshalb möchte ich, dass du eine Weile nicht zu uns nach Hause kommst, Himari.«

»Ja …«

Ich wollte auch nicht gehasst werden. Ich wollte wirklich nicht, dass mich jemand hasste. Aber trotzdem …

Ich senkte den Kopf und biss mir erneut auf die Lippen.

Ganz fest. So fest, dass es blutete.

»Also, weißt du, beim Moere-Feuerwerk erscheint der Yamibozu.«

»Was? Ein Yamibozu?«

»Ja. Es ist ein Geist, der aus den schlechten, schmutzigen und traurigen Gefühlen der Menschen entsteht, die sich im Laufe eines Jahres ansammeln. Jedes Jahr wird er durch das Feuerwerk gereinigt.«

Ich war irritiert von dieser plötzlichen, seltsamen Aussage. Als er sah, was ich für ein Gesicht machte, lächelte Ryuta gezwungen.

»Natürlich ist das nur ein Konzept. Das Moerenuma-Feuerwerk ist nicht nur schön, sondern auch ein Kunstfestival aus Licht und Klang mit einer Geschichte. Der Yamibozu ist das etwas gruselige Festivalsmaskottchen.« Er suchte ein Bild auf seinem Smartphone und zeigte es mir. Es sah aus wie ein großer, schwarzer, menschenähnlicher Ballon.

»Nett, aber ein bisschen gruselig…«, konnte ich mir nicht verkneifen zu sagen, als ich mir vorstellte, wie so ein großes geisterhaftes Ding am Nachthimmel schwebte.

»Ja. Deshalb hat Tsukiko ihn als kleines Kind gehasst und jedes Mal, wenn der Yamibozu auftauchte, sich hinter unserer Mutter versteckt.«

Nostalgisch lächelte Ryuta leise vor sich hin. Mir zog sich vor Schmerz die Brust zusammen.

»Ah, dort drüben gibt es einen großen Springbrunnen, der mehrmals am Tag eine Show bietet. Besonders nachts ist er beleuchtet. Einmal, als wir alle zuschauten, wurde Tsukiko von einer Mücke über dem Auge gestochen, das war ein Drama.«

»Was? Nur Tsukiko?«

»Ja. Und dann ist sie dort in den Bach gefallen und hat laut geweint, weil ihr Hintern nass geworden war. Oder auf einer Radtour ist ihr mal der Reifen geplatzt. Ach ja, und das Softeis, das sie bei der Glaspyramide gekauft hatte, hat sie am Eingang fallen lassen.« Er lachte und sagte: »Sie war so ein Tollpatsch.«

Wie liebevoll.

Dann zeigte Ryuta auf verschiedene Stellen im Park und erzählte mir von all seinen Erinnerungen, als würde er sie nach und nach einsammeln.

Jede dieser Geschichten fühlte sich an wie ein Stück von Tsukikos Seele. Obwohl es tagsüber heiß war, kam mit dem anbrechenden Abend eine leichte und angenehme Brise in den Moerenuma-Park, begleitet von Kinderlachen.

Ich hörte so konzentriert zu, dass ich stolperte, da streckte Ryuta mir seine Hand entgegen.

Als ich mein Gleichgewicht wiedergefunden hatte, gingen wir weiter Hand in Hand. Vielleicht sah es aus wie ein Date, und ich träumte ja tatsächlich von solchen Momenten. Aber sowohl Ryuta als auch ich wünschten uns in diesem Moment wirklich, dass Tsukiko bei uns wäre.

»Warum bin ich nicht mit Tsukiko an einen so schönen Ort gekommen?«, flüsterte ich. Ryuta drückte mir statt einer Antwort fest die Hand. So fest, dass es wehtat.

Trotzdem war der Wind, der durch den Moerenuma-Park wehte, sanft.

Es war unvorstellbar, dass dieser Park auf Müll gebaut worden war, so schön war er.

Solange wir leben, bleibt nichts immer nur schön. Aber

vielleicht sind Menschen in der Lage, selbst auf Müll et-
was Schönes zu erschaffen. So wie Komponisten auch
trotz eines schmerzvollen und schweren Lebens schöne
Musikstücke geschaffen haben.

Jetzt ist es schwer, und ich vermisse Tsukko so sehr, dass es unerträglich ist, und ich werde fast von Reue und Buße erdrückt – aber werde ich das eines Tages vergessen können?

Ryutas Hand war warm. – Ah, für einen Moment dachte ich, dass es so in Ordnung wäre.

Aber sofort wurde mir klar, dass das nicht ging.

In dieser Welt konnte nur ich Tsukko retten.

Es wäre falsch und unerträglich, wenn ich das aufgeben würde – ich will das nicht, absolut nicht.

Ich will nicht von mir selbst enttäuscht sein.

Auch wenn ich seine Hand nie wieder berühren kann.

Langsam ging die Sonne unter, und sie schien nun auf die Spitze der gläsernen Pyramide, die hinter den Bäumen hervorragte. Es blieb nicht mehr viel Zeit.

Ich nahm all meinen Mut zusammen, blieb vor der Pyramide stehen und sah Ryuta direkt ins Gesicht.

»Was würdest du tun, wenn … wenn du die Vergangenheit ändern könntest?«

»Was?«

»Wenn du die Zeit zurückdrehen und Tsukko wieder zum Leben erwecken könntest?«

»Ich hab dir doch schon mal gesagt, dass du so blöde Scherze lassen sollst.«

Ich konnte sehen, wie die Wut in Ryutas Gesicht zurückkehrte, das bis dahin fast leer und ruhig gewesen war.

Sofort drohte mein Mut zu schwinden, aber ich hielt irgendwie durch und sah Ryuta fest in die Augen.

»Ich hätte auch nie gedacht, dass ich je so etwas sagen würde.«

»Dann lass e–«

»Bitte, hör mir nur dieses eine Mal zu. So wie es jetzt ist … werden weder du noch ich jemals Tsukko wiedersehen können. Ich werde das für immer bereuen, und das will ich nicht. Ich will, dass ich außer meiner Hand nichts bedauern muss.«

»Außer deiner Hand?« Ryuta runzelte verwirrt die Stirn.

Ich drückte mir die linke Hand so fest an die Brust, als wollte ich sie beschützen.

»Diese Hand … Der Unfall war kein Zufall. Damals hatte meine Mutter am Telefon einen unglaublichen Aufstand gemacht, weil ihr mein Platz bei einem Wettbewerb zu schlecht war. Ich war so traurig … und dann dachte ich: Wenn ich einen Unfall habe, erlaubt sie mir vielleicht, für eine Weile mit dem Üben aufzuhören.« Ein Zittern lag in meiner Stimme.

Der Tag damals war wirklich grauenhaft gewesen. Es war kalt und nieselte, draußen war es grau, und in meinem Ohr hörte ich immer wieder die Stimme meiner Mutter: »Jetzt reiß dich endlich mal zusammen! Ich hab dich nicht aus Jux und Tollerei dorthin geschickt!«

Ich übte jeden Tag stundenlang, ich war nicht zum Spaß dort. Strenge Lehrer, unverständliche Worte, eine Stadt, an die ich mich nie gewöhnen konnte, grässliches Essen, keine Freunde. An diesem grauen, tristen Ort, der mir in nichts freundlich gesinnt war, übte ich einfach nur, genau wie meine Mutter es verlangte.

War es zu viel verlangt, es einfach nur ein Weilchen hinter mir lassen zu wollen? Ich wollte nur, dass meine Mutter lieb zu mir war. Ich wollte nur einen Grund, für eine Weile nicht am Klavier zu sitzen – mehr wollte ich doch gar nicht.

Ich konnte der Versuchung, die tief in meinem Inneren brodelte, nicht entkommen und machte einen Schritt nach vorne. Ich dachte, es wäre in Ordnung, wenn ich nur ein oder zwei Tage nicht ans Klavier müsste. Also, war der Unfall vielleicht …

Ryuta sah mich prüfend an, als er meine zitternde Erklärung hörte.

»Ja … er ist mit voller Absicht passiert. Ich hätte aber nie gedacht, dass ich so schwere Verletzungen davontrage … Der Arzt im Krankenhaus sagte mir, dass ich großes Glück gehabt hätte, dass ich überhaupt noch lebte, aber am Anfang wünschte ich mir, ich wäre gestorben. Reue und Schuldgefühle erdrückten mich fast. Trotzdem flickte der Arzt mir meine Hand wieder so zusammen, dass ich ein fast normales Leben führen kann, auch wenn ich vielleicht nie wieder in der Lage wäre, Klavier zu spielen. Damals wurde mir bewusst, wie sehr ich es hasste, etwas zu bereuen. Das wollte ich nie mehr im Leben. Ich will nie wieder aufgeben. Ich will nicht wegschauen und sagen, dass ich es nicht hinkriege. Deshalb will ich auf keinen Fall Tsukko aufgeben.«

»Aber Tsukiko ist …«

»Nein. Bitte hör mir bis zum Ende zu … und glaub mir. Nur dieses eine Mal.«

7

Vor der funkelnden Glaspyramide erzählte ich
Ryuta alles.

Über das Tacet, über meine besondere Fähigkeit –
wie ich Frau Sugiura getroffen hatte, in die Vergangenheit von Herrn und Frau Kobayashi und Frau Takanashi gereist war, und dass ich vielleicht Tsukko retten
könnte, wenn ich diese Kraft nutzte. Ryuta glaubte mir
natürlich kein Wort und sah entsprechend verkrampft
aus. War ja klar. Ich an seiner Stelle hätte mir das Ganze
auch nicht abgekauft.

Trotzdem erklärte ich alles offen und ehrlich.

Es wäre nicht fair gewesen, ihm etwas vorzumachen,
und wenn ich ihm alles nur ernsthaft genug vorbrachte,
würde Ryuta mir glauben. Das fühlte ich.

»Aber … wenn das so ist, warum hast du dann nicht
zuerst deine eigene Vergangenheit geändert, Himari?«

»Nein … ich kann nicht direkt in meine eigene Vergangenheit reisen. Nur in die Vergangenheit von anderen. Ich weiß nicht, wie ich das erklären soll, aber … ich
bin wohl so was wie eine ›Leserin‹. Ich kann die Seiten
zurückblättern und die Geschichte umschreiben, aber
ich kann meine eigene Geschichte nicht ändern. Ich
kann nur ein stiller Beobachter sein. Das Leben eines
anderen ist nicht meines. Wenn ich mein eigenes Leben
ändern könnte, hätte ich es schon längst getan, aber das
geht nicht. Deshalb möchte ich wenigstens verhindern,

dass andere Menschen unter ihrer Vergangenheit leiden müssen.«

Ich wusste nicht, ob er meine Antwort akzeptierte oder nicht, aber er brummte nachdenklich.

»Ich hab's, glaub ich, nicht wirklich kapiert, und ehrlich gesagt, fällt es mir auch schwer zu glauben ... aber soll ich einfach in dieses Café gehen? Ist es das, was du willst?«

Er seufzte. Überzeugt klang er jedenfalls immer noch nicht.

»Kommst du mit?«

»Ja ... wenn ich es nicht mache, kommst du doch immer weiter zu uns nach Hause.«

»Das ... äh ... ja.« Ich blickte zu Boden.

»Aber na ja ... ich verstehe jetzt, warum du jeden Tag zu uns nach Hause gekommen bist, Himari. Ich verstehe, dass du Tsukko wirklich wieder zum Leben erwecken willst ... Ich kann dieses Gefühl nachvollziehen. Ich möchte Tsukiko ja selber gerne wiedersehen, wenn ich könnte.«

Deshalb sagte er, er wolle es zumindest versuchen. Ich spürte den Schmerz und die Hoffnung in seiner Stimme, und dann machten wir uns auf den Weg zum Tacet.

Kurz bevor wir den Park verließen, drehte ich mich um, um diesen Anblick ein letztes Mal in mich aufzunehmen. Vor meinen Augen funkelte das Licht auf der gläsernen Pyramide.

Eines Tages komme ich mit Tsukko hierher. Auch wenn sich unsere Beziehung bis dahin verändert haben sollte.

Das schwor ich mir fest in meinem Herzen.

So kamen wir zum Tacet. Hayari und Herr Higure wussten sofort, wen ich da mitgebracht hatte, und musterten uns mit versteinertem Blick.

»Ich habe ihn dabei …«

Mokka schob sich besorgt zwischen mich und Ryuta und blickte abwechselnd zu uns auf.

»Das ist also … Mokka, richtig?«

Ryuta streichelte Mokka den Kopf, der freudig mit dem Schwanz wedelte und gleich begeistert eine Pfote hob, um »Pfötchen geben« anzubieten.

Ryuta nahm das Angebot lachend an – und ich war erleichtert, sein entspanntes Gesicht zu sehen.

Offenbar war ich nicht die Einzige, die so dachte. »Es ist sehr gut, dass Sie sich entspannen können. Heute werde ich derjenige sein, der Sie ›überführt‹.«

»Sie, Herr Higure? Nicht Hayari?«

Hayari schwieg, und ich sah mich kurz besorgt im Laden um – aber es war alles in Ordnung, im Moment waren wir die einzigen Gäste.

»Warum?«

Als ich erneut fragte, blickte Hayari zu Boden.

»Meiner Meinung nach sollten Zeitwächter nicht mehr tun, als die Brücke zu schlagen. Wir sollten immer nur die Gefühle der Person begleiten, aber es sollte die Person selbst sein, die wählt und etwas verändert … schließlich ist es ihr Leben.«

»Also, diesmal ist es nicht erlaubt, weil ich versuche, die Vergangenheit zu ändern? Aber Ryuta will das doch auch …«

»Ich verstehe es.«

Herr Higure trat beschwichtigend zwischen Hayari und mich.

»Zeitwächter sollten nicht in die Zeit eingreifen – aber das ist eine Regel, die Hayari aufgestellt hat, nicht du, Himari. Tatsächlich gibt es unter den Zeitwächtern verschiedene Meinungen. Ich denke, es sollte deine Entscheidung sein, nicht unsere, die wir dir aufzwingen. Nimm dir Zeit, darüber nachzudenken.«

»Hmpf …« Hayari wandte bei Herrn Higures Worten mit einem Seufzen den Blick ab.

»Aber … wird das wirklich in Ordnung sein?«

Als ich das fragte und die beiden ansah, lächelte Herr Higure verschmitzt.

»Nun, ich bin auch ein Zeitwächter … obwohl ich manchmal den Heimweg vergesse.«

»Nein, das meine ich nicht. Ich mache mir Sorgen, dass Hayari auf Sie böse sein wird, wenn Sie so etwas tun.«

Als ich hastig diese Klarstellung hervorgebracht hatte, lächelte Hayari auf einmal.

»Das passt schon. Ich finde es zwar nicht gut, aber … ich war es, die Higure beigebracht hat, wie man ›übergibt‹. Ich habe ihm keine Regeln auferlegt – und manchmal bereuen wir beide das. Deshalb möchte er dich wahrscheinlich davor bewahren, denselben Fehler zu machen wie er – aber …« Hayari sah mich eindringlich an, mit kaffeebraunen Augen.

»Die Zukunft, die aus einer veränderten Vergangenheit entsteht, ist nicht immer die, die man sich wünscht. Manchmal wartet eine noch traurigere Zeit. In solchen Momenten wird dich die Reue auffressen – deshalb denke ich, dass wir nicht in die Zeit eingreifen sollten. Bitte vergiss das nie. Selbst wenn die Zukunft noch schlimmer wird, kann man es nicht erneut rückgängig machen. Diese Kraft bringt eine Verantwortung für das Leben anderer mit sich. Es kommt mir so vor, als sei die Anzahl der Leben festgelegt. Manchmal sind die Götter grausam in ihrem Ausgleich – deshalb sollte dies das erste und letzte Mal sein.«

Hayari war so ernst wie noch nie zuvor, als sie mir derart ins Gewissen redete. Es sah aus wie Wut, aber irgendwie spürte ich auch etwas wie Angst bei ihr.

»Das ist mein eigener Wunsch. Es geht nicht nur um dich, Himari.«

Ryuta, der bis dahin still Mokka gestreichelt hatte, trat dazwischen. »Geht es heute nicht darum, meine Vergangenheit und Zukunft zu ändern?«

»Ja. In diesem Fall müssen wir in die Zeit vor dem Unfall Ihrer Schwester zurückkehren und ihn irgendwie verhindern.«

»Aber das sind doch nur etwa vier Minuten, oder? Ob das klappt … Tsukko ist, wie sie aussieht, ziemlich stur. Ich habe das Gefühl, es wird ziemlich schwierig, sie vor dem Unfall nach Hause zu bringen.«

Während ich ihm zuhörte, wie er mit gesenktem Kopf nachdenklich sprach, war ich überrascht, dass er allmählich anfing, an meine Fähigkeiten zu glauben.

»Wie wäre es, wenn ihr den Treffpunkt ändert? Oder das Datum des Treffens?«, schlug Herr Higure vor, aber das Datum zu ändern, war schwierig. Wegen des Tanztests.

»Ich denke, Ryuta hat recht. Wir haben nur eine Chance, also müssen wir sicherstellen, dass Tsukko an diesem Tag nicht zur U-Bahn geht. Wenn der Treffpunkt oder die Zeit zu nah am früheren Plan ist und sie es sich anders überlegt, wird es nicht funktionieren.«

Wenn wir am Ende einen ähnlichen Weg einschlagen, könnte jemand anderes verletzt werden, oder die Zukunft könnte sich noch schlimmer verändern – zum Beispiel, dass Ryuta anstelle seiner Schwester in einen Unfall verwickelt wurde.

»Deshalb denke ich, wir sollten weiter zurückgehen. An den Tag … an dem Ryuta uns zum ersten Mal angesprochen hat. An den Tag im Food Court.«

»Was?«

Ryuta blinzelte überrascht.

»Also, könnte es sein …?«

»Ja. Wir werden nicht zu dritt zusammen trainieren – eigentlich habe ich vor, überhaupt nicht mit Tsukko zusammen zu tanzen … Wenn ich in die Vergangenheit zurückkehre, ist das möglich?«

Auf meine Frage nickte Herr Higure.

»Ein Zeitwächter kann nicht gleichzeitig mit seinem früheren Ich existieren. Wenn du also an jenen Tag zurückspringst, Himari, würde Tsukiko denken, dass du vor ihren Augen plötzlich verschwunden bist. Für vier Minuten und dreiunddreißig Sekunden fließen die Erinnerungen der jetzigen Himari in die frühere Himari, sodass sie das sagen und tun kann, was bewirkt, dass sie kein Tanzteam mehr sein werden.«

»Dann werde ich einfach verschwinden. Und du, Ryuta, du sprichst uns nicht an und gehst an diesem Tag nach Hause. Dann lernen wir uns nicht kennen, und Tsukko und ich lösen unser Tanzpaar auf – dann sollte Tsukko sicher keinen Unfall haben. Weil: Diese Zukunft wird es dann nicht mehr geben.«

»Aber, das heißt doch, dass wir uns …«

Ryuta wollte etwas sagen, aber als er sah, wie fest ich

meine Lippen zusammenpresste, schien er es zu verstehen.

»Okay, was soll ich dann tun?«, fragte Ryuta entschlossen.

Herr Higure nahm die magischen Kaffeebohnen und füllte sie in eine altmodische Kaffeemühle. Er drehte die Kurbel von Hand, um die Bohnen in der Maschine zu mahlen. Dann reichte er sie Ryuta.

»Dreh langsam die Kurbel.«

»Ich?«

»Ja. Langsam … Riecht es nicht gut?«

»Ja … Kaffee riecht wirklich gut.«

Jedes Mal, wenn er die Kurbel drehte, ertönte ein angenehmes Knirschen, und das Aroma des Kaffees breitete sich schnell in der Umgebung aus. Ryuta schloss genießerisch die Augen.

»Mit jeder Umdrehung der Kurbel kehrt die Zeit langsam zurück. Bis zu der Zeit, an die du zurückkehren möchtest, bis zu dem Moment der Reue, den du wiederholen möchtest. Stell dir diese Szene ganz fest vor.«

Zurück zum Food Court. Ein geschäftiger Nachmittag an einem Wochentag.

»Irgendwie ist das doch beängstigend, oder?«, murmelte Ryuta plötzlich.

»Keine Sorge, ich bin bei dir«, sagte ich leise und berührte sanft seinen Oberarm.

»Okay.«

Allmählich entfernten sich alle Geräusche, sie verzerrten sich, und eine alte Uhr begann zu ticken. Diesmal würde es keinen Unfall geben – du wartest nicht an jenem Ort auf mich, Tsukko.

8

Als ich die Augen öffnete, war die Welt in Sepia getaucht, und die Umgebung war erfüllt von den lachenden Stimmen der Kinder und dem Duft frisch frittierter Pommes.

»Ah.«

Ryuta sah sich überrascht immer wieder um. Am Fensterplatz saß Tsukko, die ebenfalls überrascht um sich blickte – wahrscheinlich suchte sie nach mir.

»Das ist ja echt Tsukko ... wir sind wirklich zurückgekehrt ...«

»Ja.«

Wir waren beide den Tränen nahe. Ryuta lächelte verlegen und gab zu, dass er es nur halb geglaubt hatte. Aber dass er es zur Hälfte geglaubt hatte, überraschte und freute mich.

»Aber die Zeit, die uns gegeben wird, ist nur kurz. Geh weg von hier und geh nach Hause.«

»Ist das wirklich alles?«, fragte er mit einem ernsten Blick. Aber das war nicht so wenig. In mir verkrampfte sich erneut alles.

»Ja, allein dadurch ändert sich die Zukunft«, sagte Herr Higure zu Ryuta, als ob er meine Gedanken gelesen hätte.

»Nach vier Minuten und dreiunddreißig Sekunden wird die Zeit einen neuen Weg einschlagen, und du wirst diese Erinnerung verlieren. Denn ab diesem Tag wird die Zeit, die du bisher erlebt hast, nicht mehr existieren.« Ryuta schien es irgendwie zu verstehen und senkte schließlich den Kopf.

»Wenn du jetzt gehst, wirst du Himari nicht treffen, Himari wird Tsukiko verlassen ... und damit hat sich die Zukunft geändert.«

»Und ich werde ... alles vergessen, nicht wahr?«

»Ja ... genau genommen wird alles ungeschehen gemacht. Auch dieser Moment hier wird zu einer nicht existierenden Zeit, einem nicht existierenden Gespräch.«

Ja ... und so wird die Zukunft, in der wir Freunde waren, vollständig verschwinden.

Tränen stiegen mir in die Augen und liefen mir über die Wangen. Aber es blieb keine Zeit zum Weinen. Die Minuten verrannen.

»Deshalb werde ich jetzt ebenfalls gehen, also geh schon, Ryuta.« Ich wischte mir die Tränen mit beiden Händen ab und sagte: »Dann werden wir uns nicht treffen, und wir bleiben Fremde. In dieser Welt werde ich nicht mit Tsukiko tanzen. Und folglich wird Tsukiko in keinen Unfall verwickelt.«

»Himari ...«

»Wir schauen keine Filme zusammen an, essen keine Äpfel und Sandwiches und gehen auch nicht Hand in Hand im Moerenuma-Park spazieren. Deshalb wirst du mit einer quicklebendigen Tsukiko weiterhin jedes Jahr mit deiner ganzen Familie das Feuerwerk ansehen – es ist in Ordnung. Die traurigen Erinnerungen werde ich mitnehmen.«

Nur ein paar Wochen, aber unvergessliche, wertvolle Zeit. »Es war nur kurz, aber ihr beide habt mir so viele wunderbare Momente geschenkt. Jetzt werde ich euch beide glücklich machen.«

Trotz meiner Entschlossenheit strömten mir unaufhaltsam die Tränen über das Gesicht. Ryuta nahm mein Gesicht in beide Hände. Seine warmen, großen Hände.

»Ja, wenn wir das tun, ist Tsukiko gerettet.«

»Ja. Bestimmt … wird sie gerettet – also geh jetzt. Bitte, rette Tsukiko.«

»Ja.«

Wären wir ein wenig älter gewesen, hätten wir uns vielleicht auf eine andere Weise verabschiedet. Aber ich war ja erst in der Mittelschule. Wir umarmten uns kurz und lösten uns dann gleich wieder voneinander. Die Zeit drängte.

Ryuta-san ging zur abwärts fahrenden Rolltreppe, hielt aber noch einmal an und drehte sich um.

»Bastian, der Protagonist aus *Die unendliche Geschichte,* verliert mit jedem Wunsch, den er sich im Buch erfüllt, eine Erinnerung. Schließlich vergisst er sogar, wer er war und seine wichtigsten Menschen. Aber sein Freund Atréju hat ihn bis zum Ende nicht im Stich gelassen.«

»Aha … Ich werde *Die unendliche Geschichte* auch lesen.«

»Ja. Deshalb … selbst wenn ich meine Erinnerungen verliere und diese Zeit verschwindet, vergiss nicht, dass wir Freunde sind. Dich immer daran zu erinnern. Dass ich dich sehr mochte.«

Ich konnte nur noch nicken. Wenn ich etwas gesagt hätte, hätte ich laut geweint. Ryuta-san winkte mir zu und fuhr die Rolltreppe hinunter. Wir sagten uns bewusst kein Lebewohl.

Sobald die Rolltreppe das untere Stockwerk erreichte, würde sich die Zukunft wahrscheinlich schon verändert haben.

»Himari, komm.«

Herr Higure half mir auf. Ich war unwillkürlich in die Hocke gegangen. Ich klammerte mich an ihn und begann erneut zu weinen.

»Herr Higure, ich möchte wirklich nicht in die Zukunft zurückkehren … «

»Das verstehe ich. Aber … die Zeit lässt uns nicht frei«, sagte Herr Higure und umarmte mich sanft, seine Stimme klang, als würde er gleich selbst weinen.

Herr Higure und Hayari waren mir gegenüber immer so freundlich gewesen – heute verstand ich zum ersten Mal, warum. Sicherlich hatten sie beide immer wieder solche traurigen Abschiede und unwiederbringlichen Sekunden erlebt. Dieser Schmerz, diese Traurigkeit, die kann nur ein Zeitwächter verstehen. Die Sehnsucht nach der kostbaren Zeit, die in einem Augenblick verloren ging und nie wiederkam.

Deshalb mussten wir diesen Schmerz miteinander teilen. Denn es war zu schwer, ihn allein zu ertragen. Vielleicht begegnete ich eines Tages auch einem jungen Zeitwächter und würde genauso freundlich zu ihm sein.

Die Zeit begann wieder zu verschwimmen. Das Ticken der Uhr kam, um uns abzuholen. Die Zukunft rief uns zurück. So verabschiedete ich mich von meinem ersten Freund und meiner ersten Liebe.

9

Ich hatte gehört, dass Herr Higure keinen Orientierungssinn hat. Hayari hatte mich ja vorgewarnt, dass
er nie den direkten Weg zurück in die Zukunft fand.
Was das bedeutete, erfuhr ich auf dem Rückweg mit
Herrn Higure.

Wenn ich mit Hayari durch die Zeit reiste, dachte ich
immer, die »Zeit« sei wie Wasser. Vielleicht war sie auch
wie Blut. Denn sie war warm, und man hörte das Ticken der Uhr wie einen Herzschlag. Aber mit Herrn
Higure war es ein wenig anders. Der Rückweg fühlte
sich an, als wäre ich in einem Filmstreifen. Ich sah viele
meiner eigenen vergangenen Momente. Mit Hayari
hatte ich so etwas nie gesehen. Es war, als würde ich einen Film von außen betrachten.

Das ist … eine Vergangenheit, die mehr Freude als
Traurigkeit oder Schmerz bringt.

Die Zeit, in der Tsukko und ich Freundinnen waren,
wiederholte sich in meinem Kopf – ah, das war, als ich
mit Tsukko beim Karaoke war.

»Hii-maa! Beeil dich!«

Tsukko, die ein Stück vorausging und es kaum erwarten konnte, drehte sich um und streckte mir die
Hand entgegen.

Ich wollte ihre Hand ergreifen und streckte meine
aus, aber da war nichts.

Und als ich die Augen öffnete, war ich im Tacet.

»Argh …«

»Willkommen zurück.«

Hayari umarmte mich fest, als ich meine ausgestreckte Hand zurückzog.

»Alles in Ordnung? Hast du dich nicht verirrt?«

»Ah … vielleicht ein bisschen«, antwortete ich Hayari, die besorgt aussah, mit einem gequälten Lächeln.

»Ja, es war ein bisschen gefährlich.« Aber Herr Higure war da.

Er entschuldigte sich immer wieder und tätschelte Mokka, der herbeigelaufen war, um die Situation zu entschärfen.

»Komm schon, Higure, reiß dich zusammen!«

Hayari schimpfte zwar mit ihm – aber ich war glücklich.

Weil ich an jenem Tag noch einmal Tsukko und mich zusammen hatte lachen sehen können.

Demnach … vielleicht hat Herr Higure absichtlich einen Umweg für mich gemacht.

»Übrigens, ich habe die Nachrichten gesehen. Unter den Opfern des Unfalls waren keine Mittelschüler«, sagte Hayari und reichte mir einen warmen Karamell-Latte.

»Der Unfall … ist also doch passiert …«

Das änderte sich also nicht. Ich senkte unwillkürlich den Kopf. Anstelle von Tsukko könnte jemand anderes verletzt worden sein.

Aber … trotzdem war ich erleichtert. Ich hatte Tsukko beschützt – auch wenn ich dafür meine Freunde verloren hatte …

Auf einmal überkam mich eine Welle der Erschöpfung, und ich ließ mich auf das Sofa sinken. Draußen hinter dem Fenster wurde die gläserne Pyramide vom Abendlicht beleuchtet. Der Geruch von Grün und Wasser aus dem Moerenuma-Park, wo ich gerade noch mit Ryuta gewesen war, kam mir schmerzlich vertraut vor.

Es war wirklich erst gewesen …

»Erinnerungen, Gedanken, Gefühle …«, murmelte ich unwillkürlich.

»Sie verschwinden nicht«, sagte Hayari entschieden und setzte sich neben mich.

»Hayari …«

»Wichtige Dinge bleiben in uns. Ob Freude oder Trauer, alles bleibt. Auch wenn die Zeit der anderen verschwindet, unsere Zeit verschwindet nicht – sie gehört uns. Es ist keine Illusion, es ist echte Zeit.«

Hayari berührte meine Wange.

Als ich mich an Ryutas Körperwärme erinnerte, kullerten mir gleich wieder dicke Tränen über die Wangen.

Hayari umarmte mich. »Es ist in Ordnung. Nicht einmal die Götter können uns unsere Erinnerungen nehmen.«

10

In der neuen Zukunft nahm ich nicht am Tanztest teil.

Ich bat den Lehrer, mich vom Tanzunterricht zu befreien, weil meine Hand bei heftigen Bewegungen schmerzte.

Der Lehrer glaubte mir diese Ausrede ohne Weiteres und gab mir stattdessen die Aufgabe, die Eindrücke aller Teams in einem Bericht zusammenzufassen. Das war zwar auch eine große Herausforderung, aber immer noch viel besser, als selbst zu tanzen.

Da meine Abwesenheit die Anzahl der Teammitglieder durcheinandergebracht hatte, durfte Tsukiko ausnahmsweise in eine Dreiergruppe mit Keiko und ihrer Partnerin. Das war sicherlich in Ordnung. Ursprünglich war Keiko ja Tsukikos beste Freundin. Tsukiko, die einen völlig anderen Tanz als den von Ryuta choreografierten tanzte, sah wirklich happy aus, was mich beruhigte. … Nein, eigentlich war ich hundertmal eifersüchtiger. Denn eigentlich hätte ich neben Tsukiko tanzen sollen.

In der Schule war ich wieder eine Einzelgängerin. Aber es war leichter als vorher – oder besser gesagt, ich hatte mich damit abgefunden. Vielleicht könnte man auch sagen, ich hatte es akzeptiert. Denn wenn wieder etwas Ähnliches passieren würde, wäre es einfach nur schmerzhaft. Stattdessen kaufte ich mir das Buch *Die*

unendliche Geschichte, um die Erinnerungen an Tsukiko und Ryuta nicht zu vergessen. Es war schweineteuer,
aber es war das erste Mal, dass ich mir von meinem Ta-
schengeld ein gebundenes Buch kaufte, und das machte
mich dann doch irgendwie stolz. Lesen konnte ich es
allerdings noch nicht. Dafür war die Wunde zu frisch,
und so stellte ich es an den wichtigsten Platz in meinem
Bücherregal.

Ich ging wieder regelmäßig ins Tacet. Hayari und
Herr Higure empfingen mich immer freundlich.
Manchmal dachte ich, wenn die beiden meine Eltern
wären, wäre mein Leben völlig anders verlaufen. Aber
solche Wünsche würden nicht in Erfüllung gehen, und
allein die Tatsache, hier sein zu können, machte mich
glücklich genug. Die sanfte Stille, der Duft von Kaffee,
das weiche Fell und die Wärme von Mokka, Hayaris Lachen und Herrn Higures freundlicher Blick gaben mir
ein Gefühl der Geborgenheit.

So kam es, dass ich eine Woche nach dem Tanztest
vor einem »Heute geschlossen«-Schild stand, als ich am
Morgen zum Tacet ging. Da ich nichts davon gehört
hatte, machte ich mir Sorgen, dass etwas mit den beiden passiert sein könnte, und wollte gerade umkehren,
als Hayari aus dem Café geeilt kam.

»Schön, dass du da bist! Wir haben schon auf dich
gewartet.«

»Ja? Aber heute ist doch geschlossen …«

»Vorübergehend geschlossen – sieh mal, der Himmel
ist so blau, und es sieht nach einem schönen Tag aus.«

»Hä?« Als ich dem Drängen folgte und das Café betrat, sah ich Herrn Higure, der gerade eine Picknickta-
sche packte.

»Da wir keinen Ruhetag haben, machen wir ab und zu spontan frei – Hayari entscheidet das«, sagte er und wiederholte gleich noch einmal: »Hayari entscheidet das.«

»Es ist schließlich mein Café«, sagte sie und spitzte angriffslustig die Lippen. »Hast du ein Problem damit?«

»Es ist auch mein Café«, entgegnete er.

»Dann öffne es doch alleine! Himari, komm, dann gehen wir eben ohne ihn.«

»Ich komm ja schon! Ich komm ja mit! Wirklich, die lässt mich das ganze Essen vorbereiten …«, murmelte Herr Higure vor sich hin und reichte Hayari eine Thermoskanne zusammen mit den Kaffeebohnen.

»Ich liebe es, vor einem Ausflug Kaffee zu kochen«, sagte Hayari mit einem strahlenden Lächeln. Der Duft von frisch gebrühtem Kaffee erfüllte den Raum.

Obwohl ich den bitteren Geschmack von Kaffee weiterhin noch nicht mochte, liebte ich diesen Duft. Zu meinen Füßen wedelte Mokka unruhig mit dem Schwanz und lief hin und her.

»Keine Sorge, Mokka kommt auch mit«, sagte Hayari lachend, während sie den Kaffee in die Kanne füllte.

Mokka hatte gespürt, dass etwas Spannendes bevorstand, und war ganz aufgeregt. Herr Higure gab ihm einen Kauknochen, aber Mokka leckte nur kurz daran und lief dann wieder unruhig zur Tür.

»Aber wohin gehen wir?«, fragte ich.

»Ganz in der Nähe, in den Moerenuma-Park. Heute machen wir ein Picknick!«

Ach so, nur in den Moerenuma-Park. Trotzdem freute ich mich riesig auf das Picknick. Mit einem Korb und einer Plane ausgestattet, machten wir uns auf zum Pick-nicken. Das Wetter war dafür ideal. Es waren viele Familien und Paare im Park, die den schönen Tag genossen.

Wir suchten uns einen angenehmen Platz im Schatten eines Baumes und breiteten unsere große Picknick-plane aus.

Hayari legte darauf mehrere schöne Quilts aus, drei Sitzkissen und platzierte zwei Campingtischchen in der Mitte.

Dann breitete Herr Higure verschiedene Bagelsand-wiches, frittiertes Hähnchen aus dem Seicomart, Pom-mes und süße Teilchen auf den Tischen aus.

»Wow, das haben Sie gemacht, Herr Higure?«

»Das hier ist von Seicomart, und diese Süßigkeiten sind aus dem Shima-Ena«, antwortete Herr Higure verlegen, aber er freute sich über die Anerkennung.

Anfangs dachte ich, dass es schwierig sein würde, mit ihm ins Gespräch zu kommen, aber jetzt freute ich mich darauf, mit ihm zu reden.

Die Bagels, die in vier handliche Stücke geschnitten waren, waren reichlich belegt und sahen sehr appetitlich aus.

»Ich freue mich, ich liebe Bagels.«

»Sie sind wirklich sehr gut – oh, das Brot habe ich gekauft. Und die Zutaten habe auch alle ich besorgt«, sagte Hayari stolz.

»Ich wünschte, du würdest verstehen, wie es ist, wenn jemand plötzlich nur die Zutaten mitbringt«, murmelte Herr Higure leise.

»Weißt du, als ich heute Morgen aufwachte und das Fenster öffnete, lud mich der gesprächige und aufdringliche Südwind ein: ›Hayari, heute ist ein Tag für ein Picknick!‹, hat er zu mir gesagt. Dagegen kann man doch nichts machen, oder?«, sagte Hayari.

Aber ehrlich gesagt verstand ich nicht, was sie meinte.

Herr Higure ignorierte Hayari und reichte mir einen Teller. Sofort biss ich in ein Bagelsandwich – darin waren Garnelen und Avocado.

Der Bagel hatte ein gutes Weizenaroma, und die Avocado war nicht komplett zerdrückt, sondern hatte eine angenehme Konsistenz behalten, die gekochten Garnelen waren prall und knackig.

Ein Hauch Wasabi sorgte für eine angenehme Schärfe, und ab und zu spürte ich ein knuspriges Knacken.

»Mmmh! Schmeckt das gut! Garnelen und Avocado und … was ist das, das da so knackt?«

»Das sind Fischeier. Hier ist ein Sandwich mit süßem Omelett und Speck. Normalerweise mache ich das Omelett nicht süß, aber für dieses Sandwich finde ich, es schmeckt besonders gut, wenn es sehr süß ist.«

Im Nu hatte ich das erste Sandwich vertilgt und griff nach dem empfohlenen Eiersandwich.

Das fluffige und saftige Omelett war in der Tat sehr süß.

Aber diese Süße passte hervorragend zur Salzigkeit des knusprigen Specks.

Die Kombination aus weicher, fluffiger und knuspriger Textur war schön, und der knackige Salat war ebenfalls köstlich.

»Das hier habe ich gekauft: frittiertes Hähnchen und Pommes von Secoma, und das hier ist ein Yakisoba-Sandwich aus Salzbutterbrot. Das Yakisoba-Sandwich habe ich selbst gemacht.«

Hayari bot mir stolz ein kleines Yakisoba-Sandwich an.

Beim Hineinbeißen breitete sich die süße und salzige Butter des Salzbutterbrots in meinem Mund aus.

Die zähen Yakisoba-Nudeln, der eingelegte Ingwer und das Zangi, eine Spezialität Hokkaidos, eine Art frittiertes Hähnchen, waren eine erwartungsgemäß köstliche Kombination.

»Stimmt, das Yakisoba-Sandwich von Secoma ist wirklich lecker«, sagte auch Herr Higure und mampfte genüsslich vor sich hin.

»Ich habe es bei Secoma gekauft und das Yakisoba-Sandwich selbst gemacht.«

»Neunzig Prozent davon sind von Secoma.«

»Aber zehn Prozent sind von mir. Es geht um die Idee!«

Während ich dem leichten GepläNkel der beiden lauschte und laut auflachte, schenkte mir Hayari ein freudiges Lächeln.

»Himari, ist ein kalter Café au Lait in Ordnung? Es ist kein Karamell drin.«

»Ja, das ist in Ordnung. Ich habe mich in letzter Zeit daran gewöhnt.«

»Higure, und du? Möchtest du ihn warm?«

»Ja. Bei kalten Getränken wird einem nur kalt.«

Aber ob man bei dieser sommerlichen Hitze von warmem Kaffee nicht eher ins Schwitzen kam?

Leckere Sandwiches, Kaffee und die von der Familie Takanashi kreierten Kekse, das französische Mandelgebäck Financier und gebackene Meringue essen … im Moerenuma-Park. Ach, das war ja so wunderbar. Ich wusste nicht, dass es so etwas Schönes gibt.

»Ah, ich bin satt und zufrieden.«

Schließlich sagte auch Hayari: »Jetzt geht wirklich nichts mehr rein«, und legte sich hin. Auf dem Rasen, der nach Erde und frischem Grün roch, trug der Wind die Kinderstimmen und ein Wasserplätschern heran. Als ich vorsichtig zur Seite schaute, gähnte Hayari schläfrig.

Warum auch immer, all das fühlte sich lebendig an. Ich dachte: Ich lebe wirklich.

Dieser Feiertag war ganz friedlich und entspannt – und plötzlich schoss mir das Wasser in die Augen.

Als ich mit Herrn Higure aufräumte, murmelte ich: »Seltsam.«

»Was ist seltsam?«

Da ich nicht gewagt hatte, es laut zu sagen, war ich überrascht, als Herr Higure nachfragte, und antwortete.

»Noch vor Kurzem war jeder Tag so schmerzhaft. Jetzt scheint alles davon einfach spurlos verschwunden zu sein.«

Natürlich, wenn ich mich erinnere, schmerzt es in meiner Brust, und es fühlt sich an, als würde Blut fließen. Trotzdem hätte ich mir nicht vorstellen können, dass mich eine solche Zukunft erwartet – an jenem Morgen, unter dem blauen Himmel, den ich so abgrundtief gehasst hatte.

»Wissen Sie, ich hatte gedacht, dass in Sapporo nur lauter schlechte Sachen auf mich warten – aber das war nicht der Fall.«

Frau Sugiura, die das für mich verändert hatte, kannte mich mittlerweile nicht mehr.

»Eine neue Zukunft ist nicht immer so, wie man es sich wünscht, und manchmal warten noch schwierigere Zeiten auf einen Menschen … Aber es gibt auch Zeiten, die unglaublich schön sein können. Außerdem gibt es manchmal Schicksalsfäden, die selbst ein Gott nicht durchtrennen kann und die Menschen miteinander verbinden.«

Hayari sagte das, ausgestreckt auf der Picknickdecke, und schaute in den blauen Himmel hinauf. Mokka nutzte die Gelegenheit und leckte ihr über das Gesicht.

»O Mann, Mokka, pfui! Lass das! Kinder, geht und spielt!«

»Ja, Mokka, komm her. Spielen wir ein bisschen Frisbee.«

Herr Higure stand lachend auf, und Mokka sprang vor Freude auf und ab.

»Himari, kommst du mit? Hast du schon mal Frisbee geworfen?«

»Nein, noch nie. Ist das schwer?«

»Keine Sorge. Selbst wenn du nicht gut bist, Mokka kann spitze fangen.«

»Oh, wenn Sie das sagen … aber vielleicht bin ich so mies, dass selbst Mokka es nicht fangen kann.«

Als wir beide samt Hund auf eine weite Wiese gingen, blieb ich abrupt stehen.

»Misaki!«

Vor mir stand Tsukiko, die noch überraschter aussah als ich.

»Ah …«

»Was für ein Zufall! Bist du allein hier? Oh, bist du mit deinem Vater hier? Meine Cousins, die viel jünger sind als ich, sind heute zu Besuch, und wir haben beschlossen, hier am Bach im Park planschen zu gehen. Und du? Bist du mit deinem Hund Gassi?«

Tsukiko redete wie ein Wasserfall auf mich ein, und

ich war verwirrt. Dann fiel es mir wie Schuppen von den Augen – ›der aufdringliche Südwind‹. Hatte Hayari das gewusst?

»Wahrscheinlich ist es ein Zufall, aber es sähe ihr ähnlich. Sie ist eine Hexe.«

»Eine Hexe?«

Frau Sugiura hatte doch auch etwas in der Art gesagt. Ich schaute unwillkürlich zu Herrn Higure auf, und er schob mich sanft vor Tsukiko.

»Ah ...«

»Tut mir leid ... dass ich dich einfach so angequatscht hab, kam jetzt blöd, oder?«

Tsukiko sah auf einmal betreten aus. Als ich nicht antworten konnte, zog Herr Higure plötzlich einen Tausend-Yen-Schein aus seinem Portemonnaie.

»Nein, es ist in Ordnung. Sie ist nur ein wenig schüchtern. Heute ist es so heiß, warum geht ihr nicht zusammen ein Eis essen?«

»Was?«

Herr Higure drückte mir energisch den Schein in die Hand.

»Es gibt auch andere Wege, etwas zu ändern, als in die Vergangenheit zurückzukehren – außerdem haben wir heute noch Zeit bis zum Sonnenuntergang.«

»Aber ...«

»Du brauchst keine Angst zu haben. Niemand weiß, was die Zukunft bringt«, flüsterte er mir ins Ohr und wandte sich dann an Tsukiko.

»Sie war noch nicht oft hier ... Kannst du mit ihr zusammen Eis kaufen gehen?«

»Ah ... ja. Sollen wir zur Glaspyramide gehen? Die haben dort megagutes Eis.«

Als sie mich so einlud, lief mir eine Träne über die Wange.

»Ja ... eigentlich wollte ich schon immer mit dir zusammen hingehen.«

»Mit mir?«

Tsukiko riss überrascht, aber auch erfreut die Augen auf.

Und schon musste ich wieder an Ryuta denken.

Wen mochte ich lieber, Tsukiko oder Ryuta? Diese Frage würde mir Kopfzerbrechen bereiten.

Aber ich wollte mit niemand anderem als Tsukiko dorthin gehen: ins Innere der Glaspyramide, an den Ort, wo die Sonne untergeht.

»Aber lass dein Eis nicht fallen.«

»Was?«

»Woher weißt denn du das?!«

Unter dem blauen Himmel lachte Tsukko plötzlich auf.

Obwohl ich dachte, dass ich auch alleine gut klarkam, war ein Leben, in dem Freunde in der Schule auf mich warteten, doch angenehmer und erfreulicher.

Es war kein so enges Verhältnis mehr wie früher. Ich musste mich hundertmal am Riemen reißen, aber war trotzdem wieder mit Tsukko – nein, mit »Kazami« befreundet.

Irgendwie bedauerlich, aber es war nun mal so. Denn sollte wieder etwas Schreckliches passieren, wäre das ein Problem.

Niemand kennt die Zukunft.

Auch wenn ich mir einredete, dass Angst zu nichts führte, drohte mir mein Herz vor lauter Unsicherheit zu zerspringen.

Deshalb hielt ich jetzt eine etwas größere Distanz als zu einer »Freundin«.

Nach der Schule, wenn ich merkte, dass sie mit mir reden wollte, kam ich ihr zuvor und verabschiedete mich distanziert: »Dann bis morgen, Kazami«, und verließ das Klassenzimmer. Wir gingen auch nicht mehr zusammen ins Karaoke. Es war traurig, aber – es ließ sich nicht ändern.

Es ließ sich wirklich nicht ändern.

»Hey, Misaki.«

Als ich mich auf den Weg zum Ausgang machen wollte, rief jemand im Flur meinen Namen.

Nanu? Wer …

Es war die Stimme eines Jungen.

Als ich mich neugierig umdrehte, stand da Chitose. Er sah ja nie besonders freundlich drein, aber heute starrte er mich so wütend an, als wolle er mich fressen.

»W… was ist?«

»Du hast die Zeit verändert, oder?«

»Hä?«

»Kazami. Die hätte bei einem Unfall ums Leben kommen sollen. Stattdessen ist sie kerngesund, und du gehst dermaßen auf Distanz zu ihr. Das warst doch du! Misaki, du bist die Tochter des Cafébesitzers, oder? Ich rieche oft den Kaffeeduft an dir«, sagte Chitose und schnüffelte.

»Ähm …«

»Das ist ja an sich nichts Schlechtes. Aber wenn man die Vergangenheit ändert, ändert sich auch die Gegenwart. Weißt du, dass bei dem Unfall anstelle von Kazami jetzt ein Baby gestorben ist? Die Mutter versuchte sich damit in Sicherheit zu bringen, hat es aber nicht geschafft, und daraufhin hat der Minivan den Kinderwagen erfasst.«

»Was …?«

Was Chitose mir da sagte, jagte mir einen Schauer über den Rücken. Ich hatte gehört, dass bei dem Unfall zwei Menschen gestorben waren, aber ich hatte mich aus Angst geweigert, die Nachrichten darüber zu sehen. Unabhängig vom Alter war es immer traurig, wenn jemand sterben musste. Aber dass ein Baby vor den Augen seiner Mutter starb … gab es eine größere Tragödie?

»Ich … ich wollte das nicht …« Ich zitterte, und mir brach die Stimme. Ich hatte doch nur Tsukiko retten wollen. Ich wusste, dass sich dadurch die Zukunft ändern würde, aber dass es gleich so schlimm werden würde …

In diesem Moment kamen mir Hayaris Worte in den Sinn.

»Manchmal sind die Götter grausam in ihrem Ausgleich.«

»Ich verstehe. Man kann nie wissen, wie sich die Zukunft ändert. Und es ist ja nicht falsch, die Vergangenheit zu ändern. Ich glaube, dass die veränderte Zukunft die richtige sein kann. Aber es ist eine Sünde, jemanden noch mehr leiden zu lassen und nichts dagegen zu tun. Das ist nicht richtig.«

Hayari hatte gesagt, dass man die Entscheidungen der Person überlassen sollte, die die Vergangenheit ändern will, und dass die Zeitwächter sich nicht zu sehr einmischen sollten. Tatsächlich hatte mein Versuch, Tsukiko wiederzubeleben, dazu geführt, dass ein unbekanntes Baby geopfert wurde.

»Aber …«

»Kein Aber. Misaki, wir haben die Zukunft verändert, also müssen wir auch die Verantwortung dafür übernehmen.«

Chitose wies mein Zögern entschieden zurück.

»Wir?«

»Ja. Wenn ich, der die Veränderung der Zeit bemerkt hat, so tue, als wüsste ich von nichts, mache ich mich genauso schuldig.«

»Also … Chitose … du bist also auch … ein Zeitwächter?«

Er war wie ich ein besonderer »Punkt«, der nicht von der Veränderung der Zeit beeinflusst wurde.

Chitose nickte ernst.

»Ja, deshalb los, marsch! Wir müssen das Baby retten. Wir müssen zurück zu dem Zeitpunkt kurz vor dem Unfall.«

Uns erwartete ein ganz besonderes Abenteuer, das uns vor die größte Herausforderung unserer Leben stellen sollte …